우진 현대 판타지 장편소설

WISHBOOKS MODERN FANTASY STORY

다시 태어난 베토벤

다시 태어난 베토벤 6

우진 현대 판타지 장편소설

초판 1쇄 찍은 날 | 2019년 9월 20일
초판 1쇄 펴낸 날 | 2019년 9월 27일

지은이 | 우진
펴낸이 | 예경원

기획 | 위시북스
편집책임 | 이규재
편집 | 위시북스

펴낸곳 | 예원북스
등록번호 | 제396-2012-000132호
등록일자 | 2012. 7. 25
KFN | 제1-448호

주소 | 경기도 고양시 일산동구 호수로 646-24 위너스21Ⅱ빌딩 206A호 (우)10401
전화 | 031-819-9431 팩스 | 031-817-9432
E-mail | yewonbooks@naver.com

ISBN 979-11-365-0056-4 04810
    979-11-6424-234-4 (set)

다시 태어난 베토벤

6

Wish Books

CONTENTS

· 31악장 ·
10살, 부러진 의자

추석.

음악의 전당에서 열린 '추석 특집 클래식 in 코리아'는 대한
민국 클래식 음악 팬들의 대축제였다.

클래식 음악 관계자뿐만이 아니라 전국 각지에서 몰려든 팬
들로 인해 음악의 전당 일대의 교통이 마비될 지경이었다.

대한국립교향의 상임 지휘자 차명운.

대한민국 피아노계의 선구자이자 거장 박건호.

특별히 오늘을 위해 귀국한 세계적인 연주자이자 현 베를린
필하모닉의 수석 첼리스트 이승희.

작년, 국제 콩쿠르에서 우승하고 올해 로스앤젤레스 필하모
닉에 입단한 바이올리니스트이자 이승희의 동생 이승훈.

각종 국제 콩쿠르에서 심심치 않게 우승을 거두고 있는 남궁예건과 최성신과 세계를 충격에 빠뜨린, 현대 클래식 음악의 부흥을 이끈 배도빈까지.

세계 어디에서도 이만한 라인업을 보이는 단체 콘서트는 없었기에 팬들은 이 기회를 놓칠 수 없었다.

이 중요한 공연에 참석하지 못한 사람들은 NBC 인터넷 생중계 댓글창에 그 화를 쏟아냈다.

└ㅅㅂㅅㅂㅅㅂㅅㅂㅅㅂ

└아니 쉬바. 어태 2,500석이 예매 뜨자마자 팔리냐고.

└대체 입석은 왜 안 팔아?

└이걸 내 똥내 나는 스피커로 들어야 한다고? 아아아아아악!!!

└도빈아ㅠㅠㅠㅠ

└클협이 오랜만에 진짜 협회다운 일 했는데 너무 아쉽다.

└ㅋㅋㅋㅋㅋㅋㅋ님들 저 현장임. 사람 진짜 엄청 많음.

└꺼져.

└좋은 말 할 때 나가라. 렉 걸리게 하지 말고.

└안 나갈 건데? 렉은 무슨ㅋㅋㅋ

└진짜 역대급 출연진이네. 순서 어떻게 됨?

└아니 왜ㅠㅠㅠㅠ

└이승훈이랑 남궁예건이 맨 처음임. 최성신이랑 이승희가 독주하

고 그 뒤에 배도빈임.

　└그다음은?

　└박건호랑 대국향. 대국향 이번에 봄의 제전 한다는데 엄청 기대됨.

　└짬밥 순으로 가다가 도빈이 깝툭튀하네. 차라리 젤 마지막에 하는 게 맞지 않나?

　└솔까 인기로 따지면 젤 마지막에 나오는 게 맞지. 예우 차원인 듯. 인기는 배도빈이 제일 많아도 차명운이랑 박건호는 우리나라 클래식 음악의 기반을 다졌다고 해도 과언이 아님.

　└짬밥 순이면 남궁예건이랑 최성신 위치도 달라져야 함. 그냥 적당히 맞춘 거임.

　└이승희 진짜 엄청 오랜만이다. 진짜 솔로로 활동할 때 미친 듯이 찾아 들었는데.

　└첼리스트가 솔로도 함?

　└ㅇㅇ. 게다가 이승희는 워낙 특별했지.

　잠시 귀국한 유진희는 아버지 유장혁과 함께 차채은 가족을 초대했다.

　"음? 자네는?"

　"오랜만에 뵙습니다, 회장님."

　"어머. 두 분 아는 사이셨어요?"

　유진희는 이웃이 아버지와 구면인 사실에 조금 놀랐다.

유장혁 회장이 차채은의 아버지를 보며 고개를 끄덕였다.

"몇 안 되는 유능한 사람이었지. 예전에는 WH그룹도 꽤 도움을 받았고. 그래, 요즘은 교수로 있다고?"

"네. 현장에서 멀어지니 좀 살 것 같네요."

"나도 아직 버티고 있거늘. 자넨 너무 일찍 은퇴했어. 아무튼 다시 봐서 반갑네. 그래, 이 아이가 자네 딸인가?"

차채은이 고개를 끄덕이곤 인사했다.

한편 홍승일과 그 가족도 오랜만에 다 함께 나들이 나왔다.

"와, 엄청 왔구나."

"이거 앞차가 움직일 생각을 안 하는데. 어쩌죠, 아버지?"

"다 왔으니 걸어 가마. 너흰 차 대고 천천히 오고."

"괜찮으시겠어요?"

"괜찮다."

그렇게 청중들이 음악의 전당 콘서트홀에 자리하였고.

아쉬움과 기대 속에서 시작된 무대는 과연 대한민국이 자랑하는 천재들의 모임다웠다.

작년부터 세계 무대에서 두각을 드러낸 이승훈 바이올리니스트와 여러 국제 무대에서 우승을 차지해 '생계형 우승자'란 타이틀을 얻은 남궁예건이 준비한 첫 번째 곡은.

바흐의 관현악 모음곡 3번 D장조 BWV 1068.

그중에서도 아우구스트 빌헬르미가 편곡한 2악장이었다.

두 사람은 그 구슬픈 분위기 속에서 G선상의 아리아의 우아함을 엄숙히, 심도 있게 연주하였다.

ㄴ와. 진짜 세계에서 노는 애들은 다르네.
ㄴ정말 좋은 연주네요. 직접 듣지 못해 너무나 안타깝읍니다.
ㄴ읍니다?
ㄴ이거 브금으로 많이 들었는데 진짜 좋다.

다음으로 이어진 독주 무대 역시 큰 반응을 이끌었다. 2010년 쇼팽 국제 피아노 콩쿠르 우승자인 최성신은 그만의 매력을 유감없이 펼쳤다.

기존 클래식 팬들은 여전히 풍부한 감성을 지닌 그의 연주에 고개를 끄덕였다.

한편 배도빈으로 인해 클래식을 접한 지 얼마 안 된 팬들은 최성신 특유의 표정 변화를 처음 보곤 재밌다는 반응을 남겼다.

ㄴ좋은데?
ㄴ와, 나 클래식 도빈이가 하는 거 말곤 1도 안 들었는데 잘하는 사람 진짜 많네.
ㄴㅋㅋㅋㅋㅋ다 좋은데 표정 왜 저램ㅋㅋㅋ
ㄴ저게 다 연주에 몰입하고 있단 증거임.

└나도 보기 좋은데.

　└ㅋㅋㅋㅋ좀 웃기긴 함.

　그 뒤.

　사회자가 이승희를 호명하자 사람들은 큰 박수로 그녀를 맞이했다. 클래식 음악 팬이라면 그녀의 무대가 반가울 수밖에 없었는데, 그만큼 오래 그녀의 독주를 기다렸던 탓이다.

　대한민국을 대표하던 어린 첼리스트가 베를린 필하모닉에 입단한 지 벌써 7년.

　그 기간 동안 대한민국에서는 물론 베를린 필하모닉 일정 이외에는 달리 활동이 없었기에, 그녀의 팬들은 어느덧 서른두 살 먹은 '세계에서 가장 힘 있는 첼로'의 무대를 간절히 기다리고 있었다.

　곧 이승희가 무대 위에 모습을 드러냈다.

　드레스가 아닌 하얀 슈트를 입고 나온 그녀에게 관중들은 더 큰 환호를 보냈다.

　└진짜 기대된다.

　└뭐 연주하는지 아는 사람?

　└언니 넘 멋져요ㅠㅠㅠ

　└가스파르 카사도.

ㄴ??

ㄴ그런 사람이 있음.

ㄴ근데 피아노는 왜 있지?

ㄴ다음이 도빈이라서 미리 가져다놨나?

ㄴ어떤 미친놈이 다음 연주자 악기를 가져다놔. 진짜 예의 없는 짓임. 독주 한 곡 하고 다음에 협주곡 하나 보지.

ㄴ몰라서 묻는 거 같은데 그렇게 답하는 너도 진짜 예의 없어 보인다.

ㄴ저 피아노 뺐다 넣다 하는 게 얼마나 손 가는 일인지 아냐? 피아노가 들어가는 연주가 사이사이에 있으니까 두는 거지. 저런 경우 꽤 있어. 조금 안다고 사람 무시 ㄴㄴ해.

잔뜩 달아오른 분위기 속에.

이승희가 가스파르 카사도(바르셀로나 출신의 첼리스트이자 작곡가)의 무반주 첼로 모음곡을 연주하기 시작했다.

서곡, 판타지아.

사다나(Danza: 춤).

인테르메초 단자 피날레까지.

그 대범한 연주에 사람들은 몰입할 수밖에 없었다. 특히 사다나를 연주할 때는 알 수 없는 이국적 느낌에 흥이 달아올랐다.

연주가 끝나고.

다들 더욱 큰 박수를 보내는데 턱시도 복장을 한 소년이 무대 위에 올라왔다.

└도빈이잖아.
└도빈이네.
└독주 아니었음?
└몰라. 이벤트인가?
└도빈이 옷 너무 잘 어울린다.
└배도빈이 베를린 필 간 게 이승희가 설득해서라고 하던데. 그게
아니라도 베를린 필에서 친해진 모양임.

시청자들만큼이나 현장의 관객들도 배도빈의 등장에 놀라
고 있었다. 팸플릿에는 이승희의 독주라고만 소개되어 있었기
에 의아할 수밖에 없었다.

그러나 명절을 기념하는 무대.

이런 이벤트가 있어야 흥이 더 사는 것도 사실이었다.

팬들은 작은 몸집으로 누구보다도 격렬한 연주를 들려주는
배도빈과 가장 힘 있는 첼리스트로 알려진 이승희가 어떤 곡
을 연주할지.

대한민국을 대표하는 두 천재가 어떤 앙상블을 들려줄지
크게 기대했다.

NBC 생중계 화면에 이해할 수 없는 자막이 올라왔다.

[Train to the south with rain. D flat minor. Transcriptions by Do-bean]

ㄴ뭐라는 거냐?

ㄴㅋㅋㅋㅋㅋㅋㅋㅋㅋㅋㅋㅋㅋㅋ

ㄴ설막ㅋㅋㅋㅋ

ㄴ아니, 한국 사람들 보는 걸 왜 영어 자막을 달고 난리야?

ㄴ일부러 그랬을걸ㅋㅋㅋㅋ

ㄴNBC 약 빨았넼ㅋㅋㅋ

ㄴD플랫단조는 뭔데ㅋㅋㅋㅋ

ㄴ편곡을 그리 했겠짐ㅋㅋ

첫 음부터.

배도빈의 화려한 연주가 시작되었다. 급격하게 고조되는 도입부 뒤에 따라 들어오는 첼로.

너무나 익숙한 멜로디였다.

처음에는 어리둥절하던 관중과 시청자들도 그들이 어렸을 적부터 들었던 그 멜로디가 귀에 꽂히자 웃음을 지었다.

잔뜩 숙연했던 연주회장의 분위기가 바뀐 걸 눈치챈 이승희와 배도빈은 더욱 템포를 끌어올렸다.

그것을 본 한지석 한국 클래식 협회장은 고개를 끄덕였다.

이보다 권위 있고 품위 있으며 화려한 출연진은 없지만 그렇다고 뻣뻣하게 격식만 차릴 이유는 없었다.

도리어 한국 클래식 협회는 추석을 맞이한 이번 대규모 공연으로 한국 클래식 업계에 새로운 바람이 일기를 바랐다.

이미 전 세계적으로 클래식 음악 열풍이 감지되고 있었고 한지석은 한국 클래식 협회장으로서 대한민국도 그 변화에 발맞춰 가길 바랐다.

그러기 위한 이런 작은 이벤트는 도리어 환영이었다.

대중에게 보다 친근하게 다가갈, 세대를 아우르는 곡에 이만한 스탠더드 넘버(Standard number: 어느 시대에나 관계없이 오랫동안 늘 연주되어 온 곡)도 없으니까.

'자꾸만 멀어지는데~'

만약 클래식 음악 연주회가 아니었다면 절로 불렀을 노래.

한지석은 관중석을 둘러보았다.

고개를 끄덕이며 박자를 맞추는 모습만 봐도 즐거운 이벤트로 받아들였음을 알 수 있었다.

└흥 봐락ㅋㅋㅋㅋ

└왘ㅋㅋㅋㅋ 이걸 이렇게 편곡하네. 음 꽉 찬 거 봨ㅋㅋㅋㅋㅋ

└난 좀 그런데. 다른 좋은 곡 많은데 굳이 대중가요를 했어야 했나?

ㄴ얼ㅋㅋㅋㅋ 사람들 어깨 으쓱거리는 거 봐ㅋㅋㅋㅋ 속으론 이미 따라 부르고 있달ㅋㅋㅋㅋㅋㅋ

ㄴ어차피 단발성 이벤트임.

ㄴ너 연주회 안 다녀봤지? 단독 콘서트 다니면 이런 경우 꽤 있다. 더군다나 명절 특집인데 저런 이벤트도 있어야지.

ㄴ뿅삘 합격.

이승희가 아이디어를 낸 배도빈, 이승희의 '남쪽기차'는 연주회장의 분위기를 한껏 끌어올리는 데 성공했다.

미심쩍어하던 배도빈도 연주를 끝낸 뒤 앞선 그 어떤 연주보다도 큰 환호를 듣고선 안심했다.

대중음악을 전혀 듣지 않는 것은 아니었지만 클래식 음악을 들으러 온 사람들이 좋아할지에 대해서는 의문을 가졌는데.

'다들 개인 콘서트에선 앙코르로 한다구.'

이승희의 말이 옳았던 모양이라 여긴 배도빈은 이승희와 함께 인사를 하곤 무대에서 내려왔다.

그렇게 추석 특집 클래식 in 코리아의 1부가 끝나고.

사람들의 기대 속에서 2부가 준비되었다.

달아오른 열기가 15분간의 휴식 시간 동안 진정되었다.

대한국립교향악단이 무대 위에서 준비를 마쳤고 이내 배도빈이 지휘자 차명운과 함께 모습을 드러냈다.

청중들은 아낌없이 박수를 보냈다.

한국대 음대 출신으로 본래 피아니스트였던 차명운은 벌써 수십 년간 대한민국을 대표하는 지휘자로 명성을 떨치고 있었다.

젊었을 적부터 두각을 드러낸 그는 파리 국립 오페라(당시 파리 바스티유 오페라 극장)의 음악감독, 뉴욕 필하모닉, 빈 필하모닉 등 세계 유명 오케스트라에서 지휘봉을 잡았으며.

2006년, 고향 땅 한국으로 돌아와 지금까지 대한국립교향악단의 총감독으로 활동해 왔다.

은난새가 대한민국 지휘자로서 선구자적인 인물이라면 차명운은 서구권에서 대한민국 출신 지휘자로서는 최초로 '마에스트로'로 인정받았던, 입지전적인 인물.

그런 차명운과.

2009년 아무런 전초도 없이 등장한 천재 배도빈의 만남은 그야말로 대한민국 클래식 음악의 역사와 미래를 아우르는 듯했다.

ㄴ이걸 보네.

ㄴ진짜 신기하다. 내가 배도빈 이름 들은 지가 이제 2년밖에 안 되었는데 차명운이랑 같이 있는데도 이름이 안 꿇린다.

ㄴ님, 도빈이 그래미 위너임.

ㄴ비하하는 건 아니고 클래식 음악이랑은 좀 거리가 있는 상이잖아.

ㄴ솔직히 지휘자로 30년 활동한 세계급 거장이랑 같이 있는데 무게

감에서 안 밀리는 게 이상하지. 신기해하는 게 당연함.

　└배도빈이 진짜 개뜬금포긴 했음. 보통 저런 천재들은 예고나 못해도 음대 시절에 유명해지는데 얜 그런 거 없이 다이렉트로 떴잖아.

　└시발ㅋㅋㅋㅋ 난 아직도 그 일화 믿기지가 않는다. 클래식 천재가 보컬라이드로 발굴되었다는 게 믿기지 않음ㅋㅋㅋ

　└그거 루머일걸?

　└찌라시를 믿는 놈이 있네.

　└근데 곡이 이상한데.

　└어? 살리에리네? 왜?

　└ㅇㅇ 차명운이랑 배도빈 둘 다 레퍼토리 괴물이라서 기대했는데 솔까 난 들어보지도 않은 곡임.

　└나두 첨 보는 곡인데.

　└유명한 거 해주지 ㅠㅠ

　시청자들이나 콘서트홀을 찾은 청중이나 의외의 선곡에 의아함을 가졌다.

　살리에리 피아노 협주곡 C장조.

　피아노 협주곡이라면 유명한 곡이 너무나 많은데, 그중에서 특히 안토니오 살리에리와 같이 덜 알려진 인물의 곡을 선정함에 아쉬움을 가진 것이다.

　그러나 그들의 그러한 마음은 연주가 시작되고 씻은 듯이 사라졌다.

차명운과 배도빈이 시선을 교환하고 위대한 지휘자가 연주를 시작했다.

1악장 알레그로 마에스토소(Allegro maestoso: 빠르고 장엄하게).

힘 있게 치고 나오는 현악기들을 받쳐주는 금관.

그 생기 넘치는 시작에 청자들은 금세 영혼을 빼앗겼다.

여러 현악기가 완급 조절을 하며 멜로디를 이어가는 도중에 음이 날아가지 않도록 무게를 잡아주는 콘트라베이스의 존재감.

살리에리의 섬세함이 차명운의 정교한 지휘에 멋들어지게 어울려 최고의 연주로 청중들에게 전해졌다.

급격하게 분위기가 고조되고.

대한국립교향악단이 남긴 음이 채 사라지기 전에, 배도빈이 그 음을 잡아챘다.

다소 느긋하게 시작한 배도빈의 피아노는 앞선 연주와는 다소 다른 느낌을 주었다.

평소 격렬했던 그의 연주와는 상당히 다른 느낌으로, 맑고 우아한 분위기를 물씬 풍겼다.

피아노와 오케스트라가 마치 대화하듯, 짧게 연주를 주거니 받거니 하는 과정에서 피어나는 환희.

1악장의 마무리는 종결음이라고 하기엔 뒤가 남아 있는 듯한 기분을 주었다.

그러나 배도빈이 곧장 그 음을 따라 연주하며 2악장이 곧장 연결되었는데.

2악장 라르게토(Larghetto: 조금 느리게).

진중한 분위기 속에서 피아노로 시작된 2악장은 뒤이어 현악기가 파트별로 따로 현을 팅기어 분위기를 잡아냈다.

그 음을 피아노가 다시 이어받자.

청중들은 마치 눈앞에서 새벽이슬이 떨어지는 장면을 보는 듯했다.

봄비로 이어지듯 아침이 찾아오는 전개는 안토니오 살리에리의 고상함을 물씬 품고 있었다.

청중들의 가슴에 편안함이 깃들어 어느덧 그들의 입가에 미소가 걸렸다.

3악장 안단티노(Andantino: 안단테보다 조금 빠르게) 론도(Rondo: 주제 반복 형식).

마침내 배도빈의 진가가 드러나는 순간이었다.

배도빈의 격렬한 연주와 오케스트라가 대화하듯, 보다 더 깊이, 보다 더 멀리 음을 보낸다.

안토니오 살리에리의 피아노 협주곡 C장조는 그렇게 피아노와 오케스트라의 대화를 통해.

사람들의 마음에 감동을 안겨다 주었다.

짝짝짝짝-

연주를 마치고 차명운이 돌아서자 청중들이 박수를 보냈다.

그들이 경의를 표하는 것만큼 생중계로 연주회를 듣던 사람들도 그들의 협연을 긍정적으로 평가했다.

┗생각보다 훨 좋은데?

┗ㅇㅇ 좋다.

┗원래 배도빈 연주랑은 좀 다른 듯.

┗절제가 되어서 그럼. 곡이 전체적으로 과하지 않네. 도빈이는 다 쏟아붓잖아.

┗난 원래 도빈이 연주가 더 좋은데.

┗솔직히 저 정도 클래스면 곡에 따라 취향이 갈리는 거지. 난 부담스럽지 않아서 듣기 좋았음.

┗ㅇㅈ.

한편 대기실에서 대한국립교향악단과 배도빈의 협연을 들었던 출연진도 한마디씩 했다.

"쟤는 진짜 못 하는 게 없네."

배도빈이 유치원에 다니던 시절 잠깐 만난 걸로 배도빈을 알게 된 이승훈이 혀를 내둘렀다.

"그럼. 어디 연주자인데."

이승희가 자랑스레 말했다.

"어디 연주자라니?"

"어디긴. 베를린 필이지."

"어? 나온 거 아니었어?"

"나가긴 누가! 누가 뭐래도 도빈이는 우리 악단 부수석이야."

"……난감하네. 토마스 필스 경도 노리고 있던데."

로스앤젤레스 필하모닉의 지휘자 토마스 필스도 배도빈을 노리고 있다는 말에 이승희가 깜짝 놀랐다.

배도빈 같이 훌륭한 음악가라면 어떤 오케스트라라도 탐낼 만하지만 굳이 신경 쓰지 않았다. 배도빈이 다른 오케스트라로 가는 건 생각조차 해본 적 없었다.

그러나 영화 OST 작업으로 친분이 있는 토마스 필스가 러브콜을 보낸다면 위험할 수도 있겠단 생각이 들어 이승희는 괜히 동생을 타박했다.

"야, 너 진짜 그거 안 된다? 우리 지금 연주자 없어서 죽어나가는 거 몰라?"

"그건 푸르트벵글러가 사람을 안 뽑아서 그런 거잖아. 우리라고 도빈이한테 연락 못 할 이유 있어?"

남매가 티격태격하는 와중에 남궁예건과 최성신도 배도빈의 연주를 듣곤 고개를 끄덕였다.

이미 여러 차례 배도빈의 연주를 접했지만 실제로 듣는 것은 처음이었던 그들로서는 적잖은 충격이었다.

사운드가 전할 수 있는 음에는 한계가 있는데, 직접 들은 배도빈의 연주는 정말이지 탁월했다. 기교를 십분 발휘할 수 있는 곡이 아님에도 오케스트라와 어울려 귀가 즐거웠다.

이미 천재라는 말로 설명할 수준을 넘어서 있었다.

"뭐 저런 애가 다 있지? 대단하네. 이럴 줄 알았으면 연주할 때 좀 찾아다닐 걸. 형은 어땠어요?"

"말도 마. 하. 미치겠네."

남궁예건이 헛웃음을 내며 한 말에 최성신이 의문을 가졌다.

"무슨 말이에요?"

"나 전에 센다이 콩쿠르 때 쟤한테 뒤처지면 안 된다고 말했단 말이야. 진짜 얼마나 우스웠을까."

"뭐 그런 걸로 그래요. 킥킥."

"웃지 마."

"옙, 선배님."

한편 개인 대기실이 주어진 박건호 역시 감탄하기는 마찬가지였다.

또한 대기실로 들어와 잠시 후 곧장 다음 연주를 준비해야 했던 차명운도 크게 감격했다. 연습 과정에서도 이미 그 재능을 알 수 있었지만 실제 무대에서 배도빈이 보여주는 집중력은 정말 놀라웠다.

'볼 때마다 놀라게 하는군.'

방금 그 만족스러운 협연을 떠올리며 차명운은 너털웃음을 터뜨렸다.

그 뒤를 따라 대한국립교향악단의 악장 이진수가 대기실로 들어왔다.

"객석 반응이 재밌네요."

"그럴 만하지요. 좋은 곡을 새로 알게 되었으니."

"네. 그 기분 잘 알죠."

이진수가 땀을 닦은 뒤 물을 마시려 할 때 차명운이 뭔가 고민에 잠긴 듯하다 말을 꺼냈다.

"10월 말에 도빈 군과 함께하면 어떨까요?"

"푸흡!"

너무나 갑작스러운 발언이라 이진수가 놀라 사레에 들렸다. 간신히 속을 달래는 모습을 걱정스레 지켜본 차명운이 이어 말했다.

"도빈 군에게도 우리에게도 좋은 경험이 될 겁니다."

"하지만 총회장 무대는……."

UN Day 콘서트.

매년 뉴욕 맨해튼의 UN 총회장에서는 세계 여러 나라의 외교 사절이 모였다.

모든 UN 회원국의 대사, 국제 NGO, 세계적 영향력을 발휘하는 정계, 재계 인물이 모이는 행사.

그런 무대에서 세계 평화를 위해 유명 악단이 초청을 받는데 1995년과 2007년에 이어 한국의 대한국립시향이 가게 된 것이었다.

차명운으로서는 세 번째 경험이었고 대한국립시향으로서는 두 번째 경험이었는데 말 그대로 국가를 대표한다는 의미가 짙게 깔려 있었다.

"도빈 군이라면 자격은 충분하니까 문제없을 것 같은데. 그렇지 않나요?"

"그거야 저도 같은 생각입니다만 걱정되는 게 없진 않죠."

"들어보죠."

"정말 많이 연습을 해야 하니 도빈 군의 개인 스케줄도 문제가 될 수 있고."

"그건 직접 물어보면 될 일이네요."

"특혜……. 아니, 차별대우란 구설수에 오를 수도 있습니다. 저도 도빈 군을 좋아해서 자주 찾아보곤 하는데 가끔씩 어린 도빈 군의 성공에 안 좋은 이야기를 하는 사람도 있더군요."

"WH그룹이나 협회의 도움을 받고 있다는 이야기 말인가요?"

"네."

"그런 사람들은 무슨 말을 해도 듣지 않아요. 떳떳하면 될 일입니다."

"문제는 연주자들 사이에서도 그런 생각을 할 수 있다는 거죠."

"……흐음."

확실히.

UN Day 콘서트는 금전적이나 커리어적인 면에서 이득인 무대는 아니었다. 도리어 악단 전체가 움직일 항공료, 숙박비 등을 따지면 가는 게 손해였다.

그러나 그보다 중요한 가치.

나라를 대표해 세계기구에서 평화를 바라며 연주했다는 명예로서의 가치가 중요했다.

대한국립교향악단의 단원으로 수 년, 수십 년간 일한 사람들 중에는 그 소속이 아니었음에도 재능이 있단 이유로 갑작스레 합류할 배도빈에 대해 안 좋게 생각할 사람도 있을 거란 말이었다.

상식적으로 그런 생각에 조금도 동의할 수 없었지만 그럴 가능성에 대해 고려하지 않을 순 없었다.

악단과 협연자의 불화가 생겨 그게 연주에 영향을 미친다면 그보다 최악인 상황도 없었다.

"그건 생각 못 했네요."

"……좋은 사람만 있는 건 아니니까요."

"그럼 단원들과 이야기를 해보죠. 내일은 쉬고 모레 미팅을 잡아주세요. 악장."

"네. 그렇게 하겠습니다."

차명운은 단원들에게 배도빈이 UN의 날 콘서트에 함께해야 하는 이유를 어떻게 설명할지 고민하다.

이내 머리를 젓고 당장 눈앞에 있는 청중들에게 최고의 연주를 들려주기 위해 대기실을 나섰다.

추석 특집 클래식 in 코리아가 열렬한 환호 속에 마무리되고 이틀 뒤.

차명운 지휘자는 단원들을 모아 10월 24일에 있을 UN의 날 콘서트에 배도빈과 함께하고 싶다는 뜻을 내비쳤다.

이유는 두 가지.

대한민국을 대표한다는 뜻에서 배도빈을 합류시켜 연주의 질을 높이자는 것과 이미 한국을 대표하는 음악가인 배도빈이 빠지면 안 된다는 것이었다.

차명운이 자신의 생각을 어필한 뒤 단원들에게 의견을 구하였다.

"전 좋아요. 하지만 연습에는 잘 참가해 줬으면 해요."

"저도 같은 생각입니다. 한 번 같이해 보니 왜 그렇게 유명한지 알겠더라고요. 하지만 10월 초에 연주회가 있는 걸로 알고 있는데 잘 준비할 수 있을지에 대해 확실해졌으면 좋겠습니다."

자유롭게 발언이 이어지는 가운데, 차명운이 표정이 그리 좋지 않은 사람을 지목했다.

"정호 씨는 어떻게 생각하시나요?"

"저는."

잠시 말을 고르던 비올라 주자 박정호가 마음을 다진 듯, 생각을 털어놓았다.

"저는 이번 일이 대한국립교향에게 무척 큰 영광이라 생각합니다. 몇 년간 준비했던 우리가 인정받은 거라고요."

박정호의 말에 단원 모두 차명운도 공감하는 듯했다.

"그래서 저희끼리 나가는 게 의미가 있다고 생각합니다. 도빈 군을 싫어해서가 아니에요. 어린데도 너무나 훌륭한 음악가죠. 하지만. 하지만 도빈 군이 함께한다면 우리의 성공이라는 가치가……."

박정호가 차마 말을 못 끝마쳤다.

그러나 다들 그가 무슨 말을 하고 싶은지 이해할 수 있었다.

뛰어난 후배, 그것도 이제 열 살도 안 된 후배라 치졸한 것 같아 말은 못 하지만 솔직한 생각이었다.

사실, 배도빈이 참가한다면 모든 스포트라이트는 그에게 쏠릴 것이 당연했다.

그는 이미 100만 장에 가까운 음반을 판 작곡가이자 그래미 위너였으며 세계적인 거장들과 어깨를 나란히 하는 아홉 살 천재였으니까.

클래식 음악 불모지라는 대한민국에서 뛰어난 실력을 보다 갈고닦으며 자리를 지켰던 그들은 인정받고 싶었다.

대한국립교향의 수준이 다른 유명 오케스트라에 전혀 밀리지 않는다는 것을 말이다.

차명운이 단원들을 둘러보았다.

몇몇 단원이 박정호의 말에 공감하는 듯했다.

차명운은 이내 고개를 끄덕였다. 자신의 욕심이었음을 인정할 수밖에 없었다.

100명 중 단 한 명이라도 이런 생각을 가지면 하지 않는 것이 옳다고 이번 미팅에 들어오기 전부터 마음먹었다.

그 무대는 대한국립교향의 무대니까.

배도빈이 참가함으로써 얻을 수 있는 이점이 아쉽지만, 정말 아쉽지만 지휘자라 해서 강요할 수 있는 일이 아니었다.

"UN의 날 콘서트?"

"응."

추석 공연을 마치고 사무실에서 이승희, 이승훈과 뒤풀이를 하는데 생소한 이야기를 들었다.

내일 곧장 미국으로 가야 한다는 이승훈의 말에 이승희는 가족과 며칠 함께 있자고 했는데.

이승훈이 로스앤젤레스 필하모닉이 10월 말에 UN의 날을 기념하는 콘서트에 참가하게 되어 바쁘다고 말한 것이었다.

"그게 뭐예요?"

"세계 평화와 화합을 기리는 행사라고 해야 하나?"

좋은 취지의 일이다.

과거 유럽은 현대와 비교하면 정말 끔찍하기 그지없었다.

신성 로마 제국 아래 통일되지 못했던 지금의 독일은 긴 전쟁을 겪었으며.

프랑스의 빌어먹을 독재자라든지(그 독재자 놈을 생각하면 자다가도 벌떡 일어난다), 오스만 제국으로부터 독립하기 위한 그리스의 투쟁이라든지.

언제, 어디서나 항상 전쟁이 있었다.

그 끔찍한 시대가 언젠가 종식되고 찬란한 미래가 다가올 거라 믿었던 나는 비록 그것을 보지 못하고 죽었지만 이렇게 평화로운 시대에 다시 태어났으니 내 바람이 어느 정도는 이루어진 것이다.

"좋은 일이네요."

"응. 큰 영광이지."

"가보고 싶어요."

"음. 그건 힘들걸?"

"왜요?"

내 질문을 이승훈 대신 히무라가 대신 답해주었다.

"UN의 날 콘서트는 유엔 공보과에서 주관하는데, 그 사람들에게 초대받은 사람만 참석할 수 있거든. 비공개 행사야."

세계 평화와 화합을 위하는 행사라면 공개를 해야지.

이상한 인간들이다.

"치사하네요."

"하하. 뭐, 어쩔 수 없지."

"도빈아, 빨리 베를린으로 돌아오면 참가할 수 있어. 매년 초청받거든."

"그럼 이번에도 나가요?"

"아니."

"……."

눈을 좁혀 뜨곤 이승희를 보니 '명예로운 자리는 맞지만 꽤 제약이 많아 거의 나가진 못해'라고 설명했다.

'속인 거잖아.'

금방 들킬 거짓말을 하다니.

내색하고 있진 않지만 인력 부족이 정말 심각한 모양이다.

그 문제는 10월 공연 뒤에 유학 또는 이민 문제를 고민할 때 좀 더 생각해 보기로 하고.

평화라는 단어에 이끌린 나는 이 UN이란 단체에 대해 관심이 갔다.

"UN은 그럼 세계 평화를 바라는 곳이에요?"

이승희, 이승훈은 잘 모르는 듯했고 역시나 뭐든 잘 아는 히무라가 설명을 해주었다.

"제2차 세계대전 같은 일이 다시 일어나지 않기 위해 만들어진 국제단체라고 생각하면 돼."

"제2차 세계대전?"

"나중에 학교에서 배우게 될 거야. 음…… 큰 전쟁이 있었는데 그런 일이 반복되지 않도록 분쟁을 조율하는 거지."

히무라가 핸드폰으로 무엇인가를 찾더니 내 앞에 보여주었다.

"스위스 제네바에 있는 UN본부 사무실이야. It's your world. 바로 당신의 세계라는 모토로 운영되고 있지."

영어로 설명되어 있어 잘은 모르겠지만 히무라가 홈페이지를 보며 간단히 UN이란 곳에 대해 알려주었다.

"근데 LA 필에서는 뭐 연주해?"

"D단조."

"베토벤?"

히무라에게 설명을 듣는 사이 내 이야기가 나온 것 같아 고개를 돌렸다.

"응. 뭐, UN의 날 콘서트에는 거의 단골이니까."

"하긴. 합창만큼 잘 표현한 것도 없지."

그런 제목을 짓진 않았지만 한국이나 일본에서는 꽤 '합창'으로 불리는, 내 아홉 번째 교향곡에 대한 이야기다.

"무슨 얘기예요?"

알 것 같으면서도 확인차 물었다.

이승희가 답해주었다.

"베토벤의 D단조가 뭐랄까. 조금 진부한 표현이긴 한데 인류애와 평화를 상징하잖아. 그래서 UN의 날 콘서트에는 꽤 많이 연주되었어."

"아마 여섯 번이었지? 제일 많이 연주되었을걸?"

그렇다곤 생각했지만 기분이 좋아졌다.

고독과 좌절과 고뇌 그리고 절망적인 세계에서도 끝끝내 희망을 잃지 않기를 바랐기에 그런 나를 비추는 것으로 D단조를 듣는 사람들도 그렇게 생각하길 바랐건만.

후대 사람들이 그것을 잘 받아들여 준 모양이다.

그런 생각을 하고 고개를 돌렸는데, UN 홈페이지에 접속한 히무라의 핸드폰에 이상한 구조물이 띄워져 있었다.

"이건 뭐예요?"

"아. 평화의 상징이라고 해야 하나."

무슨 뜻인지 모르겠어서 핸드폰에서 시선을 떼 히무라를 보았다.

"제2차 세계대전에서 지뢰라는 것 때문에 사람이 정말 많이 죽었거든. 그렇게 희생당한 분들을 기리고 경각심을 가지기 위해 이렇게 한쪽 다리가 부러진 의자를 기념물로 삼은 거야.

제네바에 갔을 때 한 번 본 적 있는데 엄청 크더라."

"……."

히무라의 설명을 듣고 다시 사진을 보았다.

♪

추석 공연 이후.

3주간 홍승일과 치열하게 준비를 하다 보니 어느새 공연일
이 하루 앞으로 다가왔다.

"그럼 내일은 연주회장에서 봐요."

"그래. 고생했다."

다행히 홍승일은 잘 버텨주었다.

경쟁심리라고 해야 할지.

준비하는 과정에서 이보다 더 철저히 한 기억이 없었을 정
도였으니 내일이 기대되었다.

동시에 나와 함께해 준 홍승일에게 너무나 고마웠다.

그가 어떤 각오로 임하는지 알고 있었기에 섣불리 인사를
건넬 수는 없었지만 최고의 연주를 함으로써 내 마음이 전달
되길 바란다.

그렇게 생각하며 홍승일과 헤어져 집으로 향하는데 전화가
울렸다.

사카모토다.

"사카모토."

-하하. 잘 지냈는가.

"그럼요. 사카모토도 잘 지내죠?"

-음. 물론 잘 지내고 있네. 연주회가 내일이라고 들었네만.

"맞아요. 오는 거예요?"

-다행히 시간이 되어서 말이지. 할 말도 있고 해서 잘되었네.

"할 말이요?"

-간단히 말하자면 섭외지. 일루전 엔터테인먼트에서 제작 중인 극장 애니메이션의 오리지널 스코어 작업일세. 이번에 음악 감독으로 들어가게 되었는데 작품이 정말 좋더군. 노란 꼬맹이들이 얼마나 귀엽던지. 껄껄.

"재밌을 것 같아요."

-음. 분명 그럴 걸세. 그래서 자네와 함께하고 싶네.

사카모토 료이치와의 작업은 언제나 즐거웠고 항상 최고의 결과물을 만들었다.

분명 이번에도 그러할 텐데 이미 어느 정도 마음을 먹은 일이 있었기에 아쉬움이 생겼다.

"미안해요, 사카모토. 계획이 있거든요."

-허허. 내가 늦었구만. 그래, 이번에는 또 어떻게 놀라게 해줄 건가?

"교향곡을 만들 거예요."

-음? 어디 영화 OST라도 만드는 겐가.

"아니요. 다른 이야기와는 관련 없이 제 이야기로 만들 거예요."

-허허. 이거 무슨 생각을 하는지 궁금하구만. 자네가 교향곡이라 할 정도면 전통적인 뜻이겠지?

"네. 구상은 계속 하고 있었는데 사실 잘 감이 안 잡혀서요. 몇 년이 걸릴지 저도 잘 모르겠어요."

-그렇게나?

아홉 번째 교향곡 D단조.

열 번째 교향곡을 만들기 위한 시험작이자 당시 내 전력을 쏟아부은 D단조는 솔직히 그 이상의 곡을 만들 수 있을지 자신할 수 없을 정도였다.

죽기 직전까지 열 번째 교향곡을 만들기 위해 이리저리 고민하였고.

결국 다시 태어난 뒤에도 머릿속으로 구상만 계속했을 뿐 시도할 엄두가 나지 않았던 것이 사실이다.

D단조를 만드는 데만 10년이 넘게 걸렸으니까.

하지만 이제는 더 이상 참을 수 없었다.

그간 여러 곡을 만들었지만 영화나 게임 등 기존의 스토리에 맞춘 작업이었고.

첫 번째 앨범 같은 경우엔 내가 죽기 전에 구상했던, 그리고 태어난 직후의 감상들을 작업했던 것이다.

첫 앨범이 그간 못 했던 것을 쏟아낸 거라면, 두 번째 앨범은 다시금 나로 돌아가는 과정.

이제.

다시 내 이야기를 할 때가 된 것이다.

"네. 꽤 오래 걸릴 것 같아요."

-자네처럼 곡을 빨리 짓는 사람도 드문데. 얼마나 대작을 구상하는지 솔직히 감이 잘 안 잡히는구만.

사카모토 료이치의 말을 듣곤 슬쩍 웃고 말았다.

예전에 나를 상대했던 출판사 직원이 사카모토의 말을 들으면 펄쩍 뛰었을 것이다.

나처럼 곡을 늦게 만드는 사람도 드무니까.

태어난 직후에는 정말 아무것도 할 수 없어서 머릿속으로 구상만 하고 정리만 했댔고, 나카무라와 히무라를 만난 뒤에야 비로소 제 음악을 할 수 있었으니.

사카모토는 그 쏟아냈던 시절을 생각하는 것이다.

"네. 긴 작업이 될 것 같아요. 또 배우기도 해야 하고."

-오늘 정말 뜻밖의 이야기를 많이 듣는구만. 내일 공연 이후 천천히 들려주길 바라네.

"그렇게 해요."

전화를 마친 뒤 창 너머 시선을 두었다.

얼마나 걸릴까.

그것을 연주할 사람들을 찾을 수 있을까.

또 그들을 내가 잘 이끌고 지휘할 수 있을까.

여러 질문을 스스로에게 던져보았지만 답은 없다. 문제는
넘쳐난다.

다만 의지만 있을 뿐.

그러나 걱정은 없다.

내게 새로운 도전이 찾아온 것에 의지를 불태울 뿐이다.

한지석 협회장은 히무라 쇼우 대표의 요청을 흔쾌히 수락했다.

배도빈이 한국에서 처음 피아노 콘서트를 한다는 데 지원을
아낄 수 없었다.

음악의 전당을 대관하는 일부터 홍보까지, 영세하지는 않으
나 한국에 이렇다 할 연줄이 없었던 히무라 쇼우는 한지석 협
회장 덕분에 한국에서의 입지를 다질 수 있었다.

그렇게 준비된 '배도빈 피아노 콘서트'는 예매 시작 즉시
2,500석에 달하는 표가 매진되었다.

NBC가 독점 실황 중계를 맡고.

WH그룹 및 7개 유명 기업이 후원하는 '배도빈 피아노 콘서

트'는 앞선 추석 특집 공연의 영향으로 더욱 큰 관심을 불러일으켰다.

그런 한국의 반응만큼이나 해외의 관심도 뜨거웠다.

배도빈이 두 번째 앨범을 낸 뒤 처음 갖는 연주회였기에 전 세계의 언론이 서울을 방문하였고.

동시에.

잊혔던 피아니스트 홍승일이 협주자로 나온다는 이야기가 뒤늦게 언론을 통해 알려졌는데 40대 이상 클래식 음악 팬들에게는 너무나 큰 기쁨이었다.

NBC 보도국의 김준용 기자는 음악의 전당을 찾은 차명운 지휘자에게 인터뷰를 요청했다.

"오늘 연주에 대해 기대하는 바가 있으시다면 한 말씀 부탁드립니다."

"도빈 군의 피아노는 이미 여러 번 증명되었죠. 저도 팬으로서 즐길 생각입니다."

"홍승일 피아니스트가 31년 만에 공식 무대에 올랐습니다. 이에 대해 알고 계셨습니까?"

"도빈 군과 추석 공연을 준비하면서 들었습니다. 저도 무척 기대됩니다. 하하. 홍승일 선배의 연주가 얼마나 잘 어울릴지 이제 들어가서 기다리고 싶네요."

차명운이 인터뷰를 정중히 끊어내자 김준용 기자는 어쩔

수 없다는 듯 인사했다.

　다른 유명 인사들에게도 홍승일에 관한 질문을 했지만 사람들은 그에 대한 이야기를 피하는 듯했다.

　"이거 안 되겠는데."

　"그럼요. 누가 말하고 싶겠어요. 지금은 거의 아는 사람이 없지만 그때는 엄청 충격이었다고요."

　김준용 기자의 한탄에 촬영 담당자가 카메라를 내리고 말했다.

　"그걸 캐묻는 게 아니잖아. 나도 남의 아픈 기억 들추긴 싫다고."

　"그러니까 평소에 좀 잘하시지. 무턱대고 묻고 다니니까 이럴 때 손해 보잖아요."

　"내가 하고 싶어서 했냐! 위에서 시키니까 했지! 잔말 말고 일반인 인터뷰나 하나 더 따고 들어가자."

　홍승일은 31년 만의 연주회를 기다리며 자신의 손을 내려다 보았다.

　더 이상 통증을 느끼지 않았지만 주름과 화상 자국으로 뒤덮인 그의 두 손은 사고 당시의 기억을 너무도 생생히 담고 있었다.

　78년도 차이콥스키 콩쿠르에서 우승한 홍승일은 국위선양을 한 피아니스트로서 국내에서 활발히 활동했었다.

당시만 해도 피아니스트에 대한 인식은 좋지 않았는데.

홍승일은 음악가에 대한 인식을 바꾸기 위해 부단히 노력했다.

그 결과가 차이콥스키 콩쿠르에서의 우승이었고 그의 노력은 조금씩 빛을 내기 시작했다.

홍승일뿐만이 아니라 은난새, 차명운, 박건호와 같은 걸출한 인물들이 나타나면서 음악가에 대한 인식은 조금씩 변할 수 있었다.

그런 그에게 주어진 첫 해외 개인 콘서트.

국내파였던 홍승일에게는 너무나 간절했던 기회였다.

모든 일이 그가 바라는 대로 천천히 진행되고 있었다.

그러나.

그가 가장 기대했던 날은 그에게 잊을 수 없는 상처를 남기고 말았다.

숙소로 묵고 있던 호텔에 큰 화재가 나면서 홍승일은 두 손을 잃었다. 뒤늦게 깬 홍승일 부부는 연기가 차올라 호흡마저 할 수 없는 상황에 처했다.

엘리베이터를 피해 비상계단으로 빠져나오려 했으나 문이 열리지 않은 것이 문제였다.

다시 올라가려 해도 이미 화마가 위에서 내려오고 있었다.

홍승일이 손잡이를 잡으려는 순간, 아내가 홍승일을 밀치고 뜨겁게 달궈진 손잡이를 쥐었다.

피아니스트의 손을 망가뜨릴 순 없었다. 살이 타들어가는 고통 속에서 그녀는 최선을 다했지만 문은 열리지 않았다.

연기를 들이마신 영향으로 정신을 잃어가는 아내를 보곤 홍승일은 다시 손을 뻗었다.

'그러지 말아요. 그러지 마!'

'손! 손! 그러지 말라고! 당신 손 망가지면 나 당신 용서하지 않을 거야!'

자꾸만 차오르는 연기 속.

그대로 죽을 수 없었다.

아내와 함께 살기 위해 홍승일은 무리하게 달궈진 손잡이를 잡다 그만 큰 화상을 입고 말았다.

다행히 두 사람 모두 구출되었으나 당일 콘서트는 취소될 수밖에 없었다.

갑작스러운 공연 취소에 현지 반응은 냉담할 뿐이었고, 홍승일은 자신의 꿈과 그것을 이룰 수 있는 수단을 모두 잃고 말았다.

귀국 후.

다행히 친구 유장혁의 경제적 지원으로 아내와 함께 치료받을 수 있었지만 재활은 너무나 고통스럽고 긴 시간을 요했다.

마음의 병이었을까.

홍승일이 예전처럼 돌아가기도 전에 시름시름 앓던 아내는 떠나고 말았다.

홍승일은 연주를 포기했다.

다시 피아노를 칠 수 있게 되었어도, 무대 위에 오를 자신이 없었다. 그런 그가 다시 피아노를 함께한다는 생각이 든 것은 그리 오래되지 않은 일이다.

부활.

그래, 부활이다.

그는 지금 그에게 희망을 주었던 사람과 함께 무대에 올랐다.

배도빈과 홍승일이 무대 위에 올랐다.

객석을 가득 채운 사람들은 두 사람이 피아노 앞에 앉아 눈을 감고 마음을 다잡는 행동을 한순간도 놓치지 않았다.

배도빈과 홍승일이 시선을 나누었고 배도빈이 두 번째 앨범의 첫 번째 곡, '가을비'의 첫 노트를 눌렀다.

묵직하게 울리는 소리에 청중들은 숨이 턱 막히는 듯했다. 마치 뙤약볕 아래 있는 것처럼 듣는 순간 어지러움을 느꼈다.

그때.

청명히 퍼지는 세컨드 피아노.

퍼스트 피아노가 낸 낮은 음을 이어받은 홍승일은 마치 가을이 왔음을 알리는 바람처럼 순식간에 연주회장을 감쌌다.

또다시 퍼스트 피아노가 낮은 음을 묵직하게 내며 주제를 확장시켰다. 세컨드 피아노가 그것을 받아 변주시키며 악상을 그려내고.

정적.

대체 얼마나 간격을 둘 생각일까.

청중들은 숨죽여 다음 음을 기다렸다. 간절하게 바랐다.

똑. 똑.

배도빈의 퍼스트 피아노가 한 음, 한 음 떨어져 내리고.

뚜둑. 뚜두둑.

홍승일의 세컨드 피아노가 그것을 고조시키며 마침내 더위를 몰아낼 비가 내리기 시작했다.

♫♫♪♫

♫♪♫♪

배도빈의 속주가 시작되었다.

정확히 떨어져 내린 음표가 모여, 청중들의 가슴에 닿을 때마다 빗방울이 튀기듯 하나의 오케스트라로 어울렸다.

때때로 난입하는 세컨드 피아노의 느린 연주가 배도빈의 연주와 어울려 비가 쏟아지고 가늘어지는 것을 표현하는 듯했다.

때로는 바람처럼.

때로는 B플랫을 중심으로 한 화음이 천둥처럼 내리쳤다.

두 대의 피아노는 마침내 가을이 왔음을 전해주었다.

두 피아니스트가 연주를 마치고 손을 차분히 건반에서 떼었을 때.

그 잔잔한 감동을 받은 사람들은 아낌없이 박수를 보냈다.

'허허.'

객석에 앉아 있던 사카모토 료이치는 또다시 발전한 배도빈의 연주에 이제는 황당할 지경이었다.

계절이나 날씨를 표현한 음악은 정말 많이 들었지만 이토록 실감이 난 적은 없었다.

가우왕과 함께 녹음한 앨범 역시 훌륭했지만 직접 듣기 때문일까.

아니면 저 뛰어난 피아니스트와 함께해서일까.

배도빈이 작곡한 '가을비'의 진가를 마주한 기분이었다.

그것은 놀라운 분석과 공감 그리고 깊은 사색이 있어야만, 그리고 그것을 음악으로 만들 수 있고 연주할 수 있어야만 가능했다.

'Rain'이란 명곡을 만든 사카모토 료이치라 알 수 있었다.

방금 두 대의 피아노로 연주된 '가을비'을 완성하기 위해 배도빈이 얼마나 많은 공을 들였는지.

그것을 완벽히 연주하기 위해 저 두 사람의 피아니스트가 뼈를 깎는 노력을 했는지 말이다.

배도빈이 고개를 들고 다시 피아노에 손을 얹었다.

두 번째 곡은 '태풍'.

앨범 녹음을 할 때는 비바람 속에서 즉흥하여 연주했다는 문제의 그 곡.

정형화할 수 없었던 '태풍'의 시작은 실로 고요했다.

한 음 그리고 한참 뒤에 한 음.

그러나 그 공백 뒤에 무엇이 나타날지 상상할 수 없었기에 더욱 두려운 폭풍전야를 그려냈다.

그 와중에 스치듯 나타났다 사라지는 세컨드 피아노.

분위기는 더욱 고조된다.

'나온다.'

누구라도 예상할 시점에.

배도빈이 태풍을 연주하기 시작했다.

단조로 시작된 묵직한 화음이 역동적으로 전개된다.

그 속에서 휘몰아치는 세컨드 피아노.

악상을 펼치는 퍼스트의 연주 사이마다 삽입되는 음표들이 날카롭게, 날카롭게 칼바람처럼 온몸을 훑었다.

그 급격한 연주에 엉망이 된 청중들은 묵직하게 울리던 퍼스트 피아노의 소리가 일순간 사라지자 정신을 차릴 수 없었다.

'뭐, 뭐야?'

'끝난 건가?'

쿠구궁.

벼락.

배도빈이 건반을 강렬히 내려쳤다.

G단조의 딸림화음이 벼락처럼 울리자 방심하고 있던 관객들이 깜짝 놀라고 말았다.

홍승일도 가만있지 않았다. 그 뒤에 관객들의 가슴에 음표를 쏟아붓듯이 장대비를 내렸다.

듣는 사람을 압도하는 상상력.

음악을 듣는 것만으로 떠올릴 수밖에 없는 태풍의 기억.

두 번째 연주가 끝나자.

사람들은 환호를 지르는 것조차 잊은 채 어안이 벙벙하여 무대를 응시할 뿐이었다.

새로운 경험이었다.

마지막 곡을 남겨두고 손목이 뻐근함을 느낀다.

늙은 몸이 무리라며 아우성을 치는 듯하다. 손가락은 마디마다 욱신거리는데, 저 어린아이는 얼마나 아플까.

언제부턴가.

관중들이 내는 소리가 들리지 않는다.

박수마저 환호마저.

고도로 집중했을 때 들을 수 있는 객석의 숨소리마저 지금은 들리지 않는다.

다들 조심하는 거다.

집중하는 거다.

저 아이와 내 연주를.

그래. 이것이다.

이런 연주를 하고 싶었다.

갈 때조차 내 손을 쥐고 있었던 아내에게 들려주고 싶었다. 대한민국의 음악을 세계 앞에 보이고 싶었던 그날의 피아노를, 지금과 같은 연주를.

고맙다.

참으로 고맙다.

그래. 한 곡이 남아 있었지.

시작하자.

[피아노의 한계를 넘어선 감동]

-모리스 르블랑(르 피가로)

[정신을 차릴 수 없었던, 멋대로 뻗어나간 전개였지만 돌이켜보면 그보다 완성도 있는 연주는 없었다]

-빌리 브란트(슈피겔)

[폭력적인 연주. 샛별이 마침내 온전한 악마가 되어 강림했다]

-이시하라 린(아사히 신문)

[촘촘한 구성, 완벽한 완급 조절. 최고의 하모니]

-마리 살티스(데이즈)

[새로운 세계를 보여준 무대]

-이필호(관중석)

[배도빈의 피아노가 사랑받는 이유]

지난 4일. 나는 오늘 공연을 담당할 수 있음에 감사하며 음악의 전당을 찾았다.

차에서 내린 순간부터 아찔하고 말았다.

르 피가로, 슈피겔, 데이즈 등 세계 유명 잡지의 수석 기자들이 눈앞에서 지나가고 있었다.

그뿐인가.

세계의 거장들이 모여 담소를 나누고 있는 모습은 이질적이기까지 했다.

평소에도 여러 음악가가 찾는 장소였지만, 그렇게나 많은 사람이 한곳에 있으니, 내가 알던 장소가 맞나 의심할 정도였다.

그러나 얼굴들을 둘러보니 세계적인 음악가도 유명 언론사의 기자들도 일반 관객도 모두 같은 마음이라는 것만큼은 알 수 있었다.

음악의 전당을 찾은 이들의 얼굴은 밝았다. 모두 배도빈과 故홍승일 피아니스트의 협연을 기대하는 듯했다.

나와 청중들은 기쁜 마음으로 무대 위에 오른 두 피아니스트를 맞이했다.

전 세계의 이목이 집중된 가운데.

천재는 오늘 어떤 연주를 들려줄까.

이 공연 뒤에 무슨 글을 써야 할까.

흥분하지 않을 수 없었다.

그러나 막상 연주가 시작되자 나는 아무것도 생각할 수 없었다.

연주를 분석한다?

현장 반응을 체크한다?

그런 일이 가능할 리가 없다는 것은 그날의 연주회를 듣고 집에 돌아와 보고서를 작성할 때야 깨달을 수 있었다.

배도빈의 음악에는 왜 빠져들 수밖에 없을까. 왜 그가 천재라 불리는가. 격렬한 열정, 자유로움, 풍부한 상상력을 자극하는 반음 활용.

지면만 할애된다면 수십 개라도 적을 수 있지만 그날의 연주회를 듣고 말하고 싶은 것은 두 대의 피아노가 하나의 드라마를 보는 듯한 기분을 전해주었다는 점이다.

그저 듣는 것만으로도 가을을 맞이할 수 있었고 겨울을 경험할 수도 있었다. 숲속을 거닐기도 했다.

배도빈과 故홍승일 피아니스트는 그날의 연주로 '감정은 절제할 때 더 크게 다가온다'라는 기존의 생각을 깨버린 것이다.

솔직하고 있는 그대로.

그러기 위한 사색과 기교로 전달된 그들의 감정은 듣는 사람으로 하여금 그들과 함께 있는 듯한 기분을 전해주었다.

전달.

그들의 연주는 이미 감정을 전달하는 것이 아니라 함께하는 수준에 이르러 마치 눈으로 보고 피부로 느끼는 착각을 일으켰다.

그 착각이 어쩌면 내 과도한 망상일지도 모른다. 그날의 연주를 들은 2,500명 모두 착각하고 있는지도 모르겠다.

그러나 나는 확신한다.

분명 그의 음악에는 빠져들어 함께할 수밖에 없는 마력이 있다고.

다시는.

배도빈과 홍승일 피아니스트의 듀엣을 듣지 못한다는 사실에 충분히 슬퍼하며.

앞으로 배도빈 피아니스트와 같은 시기에 살아 있음을 축복으로 여길 것을 다짐하고, 故홍승일 피아니스트를 추억할 것이다.

-한이슬(2014년 11월호 음악기행)

첫눈이 내리고 며칠 뒤.

두 번째 겨울방학을 맞이했다.

"그럼 다들 방학 잘 보내고. 숙제 있지 않고. 방학이라 너무 늦잠 자면 안 돼요."

"네!"

포슬포슬 내리는 눈이 조금씩 운동장을 덮어갈 즈음에야 교실을 나서서 피아노 부실로 향했다.

내 자리로 가 피아노 뚜껑을 열었다.

개인 연습실은 유독 공기가 찼다. 건반도 싸늘하게 식어 난로를 켠 뒤 방이 따뜻해지기를 기다렸다.

창밖으로 보이는 눈발이 좀 더 굵어진 듯하다.

적당히 공기가 달아올라 연주를 시작했다.

"어머. 도빈아, 아직 집에 안 갔어?"

연주를 이어가는 중에 임시로 피아노 부를 맡은 교사가 부실로 들어왔다.

"기사님이 눈이 와서 조금 늦는대요."

"그렇구나. 눈이 너무 와서 큰일이네. 다들 잘 돌아갔으려나."

그렇게 대화를 마치고 다시 연주를 이어나갔다. 관악기도 현악기도 가수도 없지만 생각나는 대로 건반을 눌렀다.

연주를 끝내자 교사가 다가왔다.

"너무 좋다. 베토벤. 베토벤이지?"

"네."

"으음. 9번 소나타?"

"아니요. A플랫 장조였어요."

"A플랫…… 장조?"

"12번이에요."[1]

"아하하. 공부하고 있는데 어렵네. 다음 주부터는 좋은 선생님이 오실 거야."

"네."

기분이 들지 않아 적당히 대답하고 일어났다.

"기사님 오셨대?"

"아마 지금쯤 오셨을 거예요. 그럼 안녕히 계세요."

"그래. 잘 들어가~"

"그래. 도빈이가 결정한 일이니 도와줘야지. ……걱정 마라. 그런 건 전문가에게 맡기고. 그래. 모레 오면 함께 한적한 곳에서 하루나 이틀 정도 쉬자꾸나. 그래. 그 아이들도 함께면 도빈이도 좋아하겠지. ……괜찮다. 언제까지고 슬퍼하고 있을 수만은 없으니."

---

1) 부록-베토벤 피아노 소나타 12번 A플랫 장조에 대하여

딸 유진희와 통화를 마친 유장혁 회장은 숨을 길게 내쉬었다.

연주회를 마치고 일주일 뒤 조용히 눈을 감은 벗을 생각할 때마다 목 아래가 묵직해졌다.

평생을 함께했던 두 사람 중 남은 한 명마저 잃은 그는 간신히 버텨내고 있었다.

많은 사람을 먼저 보냈던 유장혁으로서도 그렇게 힘든데, 어린 손주는 어떨까.

유장혁은 손자가 큰 충격을 받으면 어쩌나 걱정했다.

그러나 홍승일의 장례식에도 담담히 그 모습을 눈에 담으려는 듯 엄숙히 자리를 지키는 모습에 조금 안심할 수 있었다. 어른스러운 녀석이니 티를 내지 않는 걸지도 모르겠지만 말이다.

'그럴 리 없지.'

유장혁이 고개를 저었다.

매일 저녁을 함께할 때면 손자는 최지훈, 차채은, 니나 케베리히 등과 나누었던 이야기를 떠들었다. 그중에서도 친구 홍승일과 어떻게 싸웠는지를 가장 열성적으로 말하곤 했다.

틀린 것을 고쳐주었다든지.

조금 귀찮지만 확실히 그 부분은 홍승일의 말이 맞았다든지.

하지만 다음엔 그런 실수는 없을 거라든지.

녀석이 스스로 말했던 대로 사제관계라기보다는 함께 일하는 동료나 친구 같은 생각이 들었다.

그러한 사실에 유장혁은 감사했다.

마땅히 음악을 배울 곳이 없다고 말하는 손자에게 좋은 동료가 되어주었던 친구에게, 희망을 잃고 무대 위로 다시 올라서지 못했던 친구에게 빛이 되어준 손자에게 더없이 고마웠다.

'잘 가시게.'

유장혁은 벗을 기리며 숨을 길게 내쉬었다.

♪

성탄절을 앞두고 독일에서 부모님이 오셨다.

어머니와 아버지는 나를 꼭 끌어안으셨고 나도 반가운 마음에 두 분을 안아드렸다.

할아버지의 제안으로 최지훈과 채은이네 가족과 함께 할아버지의 별장 중 한 곳을 찾았다.

계곡이 있었는데 사유지라 그런지 다른 사람은 없었고 느긋하게 낮잠이나 자려던 난 최지훈과 채은이에게 이끌려 결국 물에 몸을 담그고 말았다.

어머니와 채은이의 어머니는 깜짝 놀라 나와 두 녀석을 혼내셨지만 그런대로 즐거웠다.

허브 솔트를 뿌린 소고기와 송이라는 향이 진한 버섯을 메인으로 한 바베큐를 먹은 뒤 다락방으로 올라왔다.

"오케스트라를 만들 거야."

"어?"

놀란 최지훈과는 반대로 채은이는 아직 무슨 말인지 모르는 듯했다.

"베를린 필하모닉 지휘자가 되고 싶은 거 아니었어?"

"세계 최고의 오케스트라니까 당연하지. 하지만 내 음악을 함께할 사람은 내가 정하고 싶어."

"그렇구나."

"당장은 어렵겠지. 오케스트라를 어떻게 만들고 운영하는지도 모르니까. 그래서 16살이 되면 독일로 갈 거야. 그때부턴 독일 대학도 갈 수 있고 일도 할 수 있대. 대학에서 관련 공부하면서 베를린 필에 있으면 도움이 되겠지."

"대단하다……."

"내 오케스트라엔 피아노도 넣을 거야."

반응은 보이고 있었지만 와닿는 말은 아니었는지 고개를 끄덕이기만 했던 두 사람이 눈을 크게 떴다.

"혹시 나?"

"오빠, 나두. 나두."

"무슨 소리야. 당연히 나지."

"엑."

"그게 뭐야."

최지훈과 채은이가 인상을 쓰며 말했다.

나보다 피아노를 잘 치는 사람이 있다면 고민 없이 그 사람을 데려오고 싶지만 최지훈과 채은이는 아직 한참 멀었다.

현재로서는 니나 케베리히.

십 년이란 시간이 어떻게 작용할지는 몰라도 그녀가 착실히 걷는다면 나는 그녀를 내가 구상한 오케스트라의 피아노로 데려오고 싶다.

오보에 주자로 마르코를 데려오고 싶은 것처럼.

……여기까지가 내 예상이고.

내 예상을 뛰어넘어, 나조차 어디까지 발전할지 모르는 사람이 딱 한 명 있지만.

"왜?"

채은이를 보다가 눈을 돌렸다.

"지훈이 넌 영화 찍는다며."

"웅! 1차 오디션 합격했어!"

"정말 하고 싶은 거야?"

"나 모차르트 좋아하니까. 그리고 연기도 해보니까 재밌더라."

"뭘 하든 네가 좋아하는 걸 해야겠지만 두 개를 다 하는 건 힘들 거야."

"……웅."

솔직한 심정으로는 말리고 싶다.

하지만 내가 최지훈이 아닌 이상 녀석이 무엇을 좋아하는지
는 섣불리 짐작할 수 없는 노릇이다.

본인도 본인이 무엇을 하고 싶은지 모를 때가 많으니, 어릴 때
많은 경험을 하는 것도 나쁘지 않을 거라 생각해 말리지 않았다.

"채은이 너도 아직 멀었어."

"오빠랑 오케스트라 하려면 피아노 얼마나 잘 쳐야 해? 오빠
만큼?"

"응."

"그럼 안 할래. 난 듣는 게 더 좋아."

"……."

"왜? 너 피아노 잘 치잖아. 아까워. 도빈이가 네 칭찬 얼마나
많이 하는지 몰라서 그래."

날 대신해서 최지훈이 물었다. 쓸데없는 말을 덧붙이긴 했
지만 아무튼 당황한 탓에 말하지 못한 걸 잘 말해주었다.

"듣는 게 더 좋으니까."

"하면서도 들을 수 있잖아. 너 도빈이랑 연주할 때 엄청 좋
아했잖아."

"응. 도빈이 오빠랑 연주하면 재밌어. 엄청 행복해. 근데 아
빠한테 무슨 곡인지 설명해 주는 게 더 재밌어."

뒤통수가 얼얼하다.

이제 제법 말이 많아진 녀석이 말을 계속했다.

"아빠가 그러는데 평론가 하면 좋겠다고 했어. 글도 잘 쓴다고. 나 일기 엄청 잘 써."

"……."

존중해야 한다.

억압하고 강요할 생각 따위 추호도 없다.

요한 같은 일을 할까 보냐.

하지만. 하지만 재능이 너무나 아깝다.

평론가라니. 내가 가장 혐오하는 부류가 되려 하다니.

멋대로 남을 본인 기준으로 판단하는 사람이 되려 하는 것을 참기 어려웠다.

내가 봤던 그 어떤 재능보다 찬란한 보물이 세공조차 될 수 없을 거란 우려와 녀석을 어떻게 설득할지, 무슨 말부터 풀어야 좋을지로 머릿속이 복잡했다.

채은이가 웃으며 말했다.

"오빠 곡이 얼마나 좋은지 아빠랑 엄마한테 말해주면 엄마랑 아빠도 막 오빠 곡 듣고 싶대."

"……."

"유치원 친구들한테 베트호펜도 가르쳐 줬다?"

"……."

"나 그거 할 거야."

"……피아노는 계속하자."

"그럴 거야. 재밌으니까."

채은이의 대답이 정말 취미로만 즐길 거라는 말 같아서 가슴이 찢어지는 듯했지만 내가 생각했던 느낌이 아니라 다행이었다.

굳이 말하자면 평론가가 아니라 선교자.

적어도 채은이는 좋은 걸 공유하고 싶은 거라 생각했다.

Seid umschlungen, Millionen! Diesen Kuß der
ganzen Welt!

–서로 껴안아라! 만인이여, 전 세계의 입맞춤을 받으라!

베토벤 교향곡 9번 D단조 4악장 中

· 32악장 ·
서곡, 비바체

사람들이 잘 알고 있는 것처럼 나는 D단조 교향곡(합창)을 만들 때에만 10년 이상을 투자하였다.

　본격적인 작업에 들어간 시간은 정확히 몰라도 꽤 오래 전부터 그것을 만들기 위해 심혈을 기울였는데, 실은 아직 그조차 완성되었다고 생각하지 않는다.

　내가 의도했던 연주는 한 번도 듣지 못했으니까.

　당시의 D단조가 연주자들의 수준과 악기 성능 등 여러 요소로 제대로 연주되지 않았다고 가정했을 때, 나는 아직 D단조를 완성하지 못한 것이다.

　현대에 연주되는 D단조는 후대 사람들의 편곡과 수정 과정을 거쳤기에 온전히 나의 교향곡이라 할 수 없었고.

그런 점에서 내가 그리고 있는 교향곡을 온전히 표현하는 일이 얼마나 길고 장대한 싸움이 될지 언뜻언뜻 느끼고 있었다.

처음에는 베를린 필하모닉이 그것을 연주해 주길 바랐지만 세계를 돌아다니며 재능 있는 연주자들을 직접 만난 이후에는 생각이 조금 달라졌다.

베를린도 빈도 로스앤젤레스도 모두 뛰어난 오케스트라지만 내 것은 아니다.

내 음악을 할 오케스트라를 직접 꾸리고 싶다는 것은 어쩌면 욕심일지도 모르겠다.

그러나 적어도 어렴풋이 그리고 있는 열 번째 교향곡을 비롯해 내 다음 곡을 온전히 표현하기 위해 여러 준비를 서둘러야겠다고 생각했다.

정말 오랜 시간이 걸리는 일이고.

아직 배울 것이 너무나 많으니까.

하물며 아직도 현대가 어떤 법과 제도로 운영되는지, 단체를 만들기 위해 무엇이 필요하고 어떤 것을 준비해야 하는지조차 모른다.

이런 것은 할아버지에게 배울 수 있을 것이다.

할아버지야 두말할 필요 없이 전 세계에서 가장 성공한 사업가 중에 한 명이시니까.

우선의 목표는 16살이 되면 곧장 베를린 필하모닉에 정식 단원으로 들어가는 것.

관현악단이 어떻게 운영되는지 내 눈으로 직접 확인하며 익히리라.

그렇게 현대 지휘자로서의 역할은 수행할 수 있을 것이다.

할 일이 태산이다.

기존의 형식을 그대로 답습할 생각은 조금도 없었기에 오케스트라의 구성도 최대한 자유롭게 할 생각이다.

아직 모르는 악기와 장르가 너무나 많다.

그뿐인가.

적어도 악단을 운영하려면 기본적으로 갖춰야 하는 행정과 사무에 대한 일에 대해서는 아는 것이 전무하다. 단원, 언론, 팬들과 소통할 때 갖춰야 할 음악학과 음악사에 대한 기본적 지식조차 단절되어 있다.

게다가 가장 중요한 악단을 꾸리는 것도 막막하다. 세계 어디에 내가 원하는 연주자가 있을지 어떻게 안단 말인가.

푸르트벵글러가 왜 사람을 안 뽑는지 이해할 수 있다. 안 뽑는 게 아니라 못 뽑는 것이리라.

그렇게 생각하며 일단 지금 내가 할 수 있는 일을 시작했다.

"기타는 어디서 사요?"

히무라에게 물었다.

"기타는 스페인 물건이 좋아. 마누엘 콘트레라스 쪽을 추천하는데, 어디 보자."

히무라가 검색을 하더니 내게 손짓을 했다. 그의 책상으로 가 모니터를 보았다.

"클래식 기타 말고요."

"어?"

"일렉트릭 기타요."

쨍그랑—

깜짝 놀라 고개를 돌리자 테이블을 정리하던 박선영 발아래 쟁반이 떨어져 있었다.

"도, 도빈아, 안 돼."

왜 저래?

"클래식 해야지! 갑자기 일렉 기타라니!"

박선영이 다급히 다가와 내 어깨를 잡고 앞뒤로 흔들었다.

"이거 놔요. 어지러워요."

"안 된다니까!"

"서, 선영아, 진정. 진정해. 도빈이 말 좀 들어보고."

간신히 박선영을 진정시킨 히무라가 물었다.

"선영이가 당황했나 봐. 조금 갑작스러운 이야기였으니까.

취미로 하는 거지?"

"취미는 아니고 공부예요. 여러 악기를 다뤄보려 해요."

"공부?"

"네. 교향곡을 만들 생각인데 활용할 수 있는 악기는 모두 다뤄보고 시작하려고요."

"네가 그렇게까지 할 정도면 엄청 큰 작업이겠네."

고개를 끄덕였다.

"소개해 주는 거야 어렵지 않지만…… 교향곡에 일렉트릭 기타가 개입할 여지가 있을까?"

"가능성을 열어두는 거예요."

"흑흑. 도빈이가 록스타가 되어버려……."

"……."

"……."

나와 히무라가 짜증스럽게 눈을 흘기자 청승맞게 좌절하고 있던 박선영이 머쓱한 듯 등을 돌렸다.

"다른 장르를 접하는 것도 좋을 것 같아요."

내 말을 들은 히무라가 씩 하고 웃으며 말했다.

"난 항상 네가 무슨 생각을 하는지 이해하지 못했어. 하지만 항상 날 놀라게 했지."

"이번에도 그럴 생각이에요."

"하하. 그래. 네가 이렇게까지 할 정도면 분명 엄청난 곡을 만들겠지? 얼마나 걸릴 것 같아?"

"10년? 어쩌면 20년이 걸릴지도 모르겠어요."

"……열 살 먹은 네가 그런 말을 하니까 뭔가 기분이 묘하다."

"그럴 거 같았어요."

마주하고 웃었다.

"그래. 이번에도 네가 옳을 거라 믿어. 기타는 아는 사람이 있으니까 소개해 줄게. 같이 갈래?"

"요즘 앨범 판매액 말곤 수입이 없죠?"

"아하하."

박선영이 난리를 치는 것도 조금 이해는 된다.

앨범이 100만 장 가까이 팔렸지만 실상 내게 들어오는 돈에 비하면, 샛별 엔터테인먼트의 수익은 매우 부실하다.

히무라가 내 비율을 너무나 많이 잡아준 탓인데, 내가 생각해도 한 사무실이 운영되기는 많이 빠듯했을 것이다.

연주회를 하긴 했지만 한 번뿐이기도 했으니까.

반년 넘게 수입이 없는 이들에게 예전에 엑스톤이란 큰 회사에게 바랐던 것처럼 요구할 수는 없다.

히무라가 굶어 죽으면 안 되니까.

'사카모토가 하자고 한 작업을 할 걸 그랬나.'

예전에도 다른 몇 개의 작업을 병행했던 걸 생각하면 불가능한 일은 아닐 텐데, 의욕이 앞선 듯하다.

오케스트라를 세우려면 돈도 많이 필요할 테니 생각을 잘
못한 것이리라.

조만간 연주회든 뭐든 알아보도록 해야겠다.

"할아버지랑 갈게요. 주소는 어디예요?"

♪

그날 저녁.

저녁을 먹으며 할아버지에게 부탁을 드렸다.

"사고 싶은 악기가 있어요."

"뭘 사 달라고 하는 건 오랜만이구나. 그래. 뭐든 사 주마."

할아버지가 입가를 닦으신 뒤 나와 눈을 마주하는 것으로
무엇이 필요한지 물으셨다.

"기타요."

"기타라. 좋은 악기지. 할아버지랑 같이 보러 갈까?"

"네. 히무라한테 좋은 곳 소개받았어요."

"그래. 저녁 먹고 곧장 가보자꾸나."

역시 할아버지.

결정한 일에 대해서는 망설이지 않으신다.

그렇게 히무라가 추천해 준 악기상을 찾았다.

"여기가 맞느냐?"

"페인 킬러⋯⋯. 네. 맞아요."

요상한 영어 이름의 간판을 보고 확인했지만 나도 외관을
보곤 히무라가 소개해 준 곳이 맞는지 의심되었다.

상당히 외진 곳에 있었는데 간판은 곧 뜯어질 것처럼 보였
고 입구는 정말 좁았다.

'잘못 알려줬나?'

조금 의심하며 안으로 들어섰는데 깜짝 놀라고 말았다. 좁
지만 한쪽 면에는 악기로 가득한 매장은 끝이 아득할 정도로
길었다.

"기타라고 해서 클래식 기타를 생각했는데 전자 기타를 사
고 싶었던 게냐?"

"네."

사카모토 료이치에게 소개받은 뒤 다뤄보지 못한 악기니까.

실은 가장 배워보고 싶은 악기이기도 했다.

"어떻게 오셨슈?"

매장을 둘러보자 끝에서 한 남자가 나와 할아버지 그리고
비서실장을 경계하며 다가왔다. 머리는 짧고 턱은 두 개고 배
는 보름달인데 말투가 왠지 모르게 구수하다.

"히무라한테 소개를 받고 왔어요."

"아."

내 얼굴을 확인한 남자의 표정이 바뀌었다. 밝게 웃으며 악

수를 청해 나도 손을 뻗었다.

"무라 형님이 꼬마 손님이 올 거라 했지만 배도빈일 줄은 몰 랐네. 잘 왔슈. 칠삼이라 해유."

'무라 형님? 칠삼? 유?'

이상하지만 넘어가기로 하자.

"기타를 보러 왔어요. 여기 물건이 좋다고 해서."

"그럼유. 자자, 그럼 기타는 좀 쳐본 적 있슈?"

"일렉트릭 기타는 처음이에요."

"그럼…… 이건 어떠슈?"

솔직히 봐도 잘 모르겠다.

"소리 좀 들려줄 수 있어요?"

내 말에 칠삼이 기타를 들고 이동해 엠프에 연결했다. 적당 히 연주를 하는데 내가 기억하는 사카모토의 기타 소리와 질 차이가 컸다.

"하품이네요?"

"역시 귀가 좋네. 흐흐. 첨 배우는 사람들이 가지고 놀기 딱 좋슈. 가격도 싸고."

"가지고 놀 생각 아니에요."

칠삼이 나를 보았다.

서글서글한 사람인 줄 알았는데 그렇지만도 않은 모양. 피 할 이유가 없기에 시선을 마주하고 있으니 그가 고개를 끄덕이고 몸을 돌렸다.

"조금만 기다리슈."

잠시 뒤 칠삼이 매장 안쪽에서 가지고 나온 한 대의 기타는 한눈에 봐도 고급품으로 보였다.

"깁슨 레스폴. 슬래시 시그니처 모델이유."

호랑이 등 같은 무늬다.

지잉- 지이잉-

칠삼이 직접 연주를 들려주었는데 소리는 확실히 좋다.

"살펴보슈."

칠삼이 레스폴을 건네주어 받았는데 꽤 묵직하다.

"……."

"왜요?"

칠삼이 내 손을 빤히 보기에 뭔가 신경 쓰이는 거라도 있는지 확인하기 위해 물었다.

"암것두 아니유. 잠깐 기다려 보슈. 다른 것도 가지고 나와 볼 테니."

잠시 뒤 칠삼이 요란하게 생긴, 전투적인 모양의 기타를 가지고 나왔다. 닿으면 찔릴 것처럼 생겼다.

"그건 뭐예요?"

"이것도 깁슨. 익스플로러로 62년식이유. 없어서 못 파는 아주 귀한 놈이유."

62년식이라고 해서 조금 걱정했는데 상태가 매우 좋다.

칠삼이 연주하는 소리는 무척 묵직하다.

"중저음이 좋네요."

"바디가 큰 덕분이유. 거, 진짜 귀가 좋구만."

생긴 게 마음에 안 들기는 하지만 앞선 물건들보단 이 익스플로러란 녀석이 마음에 들었다.

"이걸로 할게요."

칠삼에게 기타를 넘겨주며 말했다.

할아버지가 비서실장에게 손짓을 하자 그가 나서 칠삼에게 다가갔다.

"마음에 드는 물건이 있어 다행이구나."

"네. 소리가 마음에 들어요. 관리도 잘 되어 있고요."

그렇게 할아버지와 담소를 나누며 기다리는데 비서실장 아저씨가 드물게 소리를 크게 냈다.

"뭐라고요?"

"2억이유."

2억?

생각보다 큰 금액에 나도 좀 놀라고 말았다.

이런 매장에 2억짜리 악기가 있다니, 하는 선입견이 있었던 모양이다.

"정가입니까?"

"못 믿겠으면 그냥 가슈. 이 기타의 가치를 모르는 사람에게 팔고 싶진 않슈."

잘은 몰라도 저 기타에 대한 자부심이 남다른 것 같다.

그러나 나조차 저 기타의 가치와 합리적인 가격을 모르니 어쩔 수 없는데.

믿는 것은 하나.

저 기타의 소리가 훌륭하고 히무라가 소개해 준 사람이기에 다가가 물었다.

"좋은 악기를 소개해 줘서 고마워요, 칠삼 아저씨."

"……."

"자랑하려고 가지고 나온 건 아니죠?"

"……손."

"손?"

"기타 한 번 안 쳐봤다면서 손이 얼라 손이 아니잖슈. 귀도 좋고. 이 녀석이 어떤 아인지 알아볼 거라 생각했슈."

이 사람은 거짓말을 하는 게 아니다.

그저 좋게 표현해 말하는 법을 모르는 악기를 사랑하는 사람이다.

무엇 하나에 빠진 사람들은 많이 만나왔고 나 역시 그랬기 때문에 지금 칠삼의 마음이 어떤지 알 수 있었다.

"주세요. 살게요."

♪

　새로운 악기와 사귀는 일은 무척이나 가슴 설레면서도 고달픈 과정이다.

　익스플로러는 무게감 있는 소리를 내면서 앰프가 없어도 그럴싸한 소리를 내는 명품이 틀림없는데.

　다루는 법은 대충 익혔다만 내 생각과 달리 이건 현악기를 형태를 했을 뿐, 다른 존재였다. 아무래도 내가 그리는 오케스트라에 어울릴 순 없을 것 같다.

　그렇게 생각했으면 다른 악기로 눈을 돌려야 하는데 문제는 이게 재밌다는 거다. 다뤄야 할 악기가 태산인데 매일 느는 내 실력에 스스로 감탄한 지 벌써 일주일째다.

　"세상에. 대체 이 책들은 다 무엇인가?"

　언제 왔는지 사카모토 료이치가 다가오며 말을 걸었다.

　내가 죽은 뒤 어떤 악기가 생겨났는지, 기존의 악기는 어떻게 변화했는지, 어떤 악기가 있는지 찾아보기 위해 책을 잔뜩 샀는데.

　내가 봐도 연습실이 엉망이다.

　"미팅은 어땠어요?"

　"훌륭했지."

　며칠 전 한국에서 리사이틀을 연 사카모토 료이치는 서울에서 머물며 연주회나 강의, 팬미팅 등 여러 행사에 다니고 있었다.

생각보다 체류 기간이 길었고 하는 일도 많은 모양.

그중에서도 가장 중요한 일은 한국 클래식 음악 협회와의 미팅이었다고 한다. 예전에 통화를 나누었을 때 할 말이 있다고 했던 것과 연관된 이야기였다.

"그래. 합동 콘서트는 생각해 보았나?"

한일 합동 콘서트.

지난 크리크 국제 콩쿠르 이후 국제적으로 궁지에 몰린 일본 클래식 음악 협회는 두 갈래로 나뉘게 되었는데.

기존 인물들이 유지하는 협회와 사카모토 료이치를 주축으로 모인 뜻있는 음악가들이 만든 전 일본 클래식 음악 조합으로 갈린 모양이다.

일본 내 반응은 전 일본 클래식 음악 조합을 지지하는 것 같고, 나카무라가 그곳의 운영장이 되었다는 소식은 무척이나 반가웠다.

당연히 첫 번째 조합장은 사카모토였으며 전 일본 클래식 음악 조합(All Japan classic music association: JCMA)은 크리크 국제 콩쿠르 당시 일본의 과업을 사과하고 수습하는 데 최선을 다하고 있었다.

사카모토 료이치가 굳이 한국까지 와서 직접 기자회견을 열어 본인이 한 일도 아닌데 일본을 대표해 사과했던 것과 여러 활동을 하는 이유가 바로 그것이었다.

한일 합동 콘서트도 그러한 취지의 일인 만큼 스승이자 벗을 도와주고 싶었다.

"재밌을 것 같아요. 취지도 좋고요. 일본에서는 누가 나오는데요?"

"피아노에서는 유리코 씨가 나오고."

"네?"

다른 부문은 몰라도 피아노에서 사카모토가 나오지 않는다는 말을 듣곤 깜짝 놀라고 말았다.

"사카모토는요?"

"하하."

사카모토가 웃은 뒤 내가 들고 있는 기타에 눈짓을 주었다.

"……"

"너무 뚱하게 보지 말게. 자네와 어울리지 못하는 건 나도 무척 애석하니까."

사카모토는 그렇게 멋진 연주를 하면서 매번 나를 치켜세운다.

물론 내 연주는 누구든 감동받아 마땅하지만 사카모토 료이치만큼은 이야기가 조금 다르다.

지금도 네 살 때 들은 'Rain'의 감동은 잊지 못한다.

다른 사람과의 경연은 관심 없는 나로서도 사카모토와의 최선을 다한 경쟁만큼은 기대했건만 아쉽게 되었다.

"그건 그렇고 꽤 고생하는 것 같네만. 아까 연주했던 건 화이트 사바스였던 것 같은데."

"네. 칠삼 아저씨가 추천한 밴드인데 뭐라 하는지는 모르겠지만 확실히 좋더라고요."

"그런데?"

"너무 강해요."

"흐음."

세상에 있는 모든 악기를 다뤄보고 작업에 들어가고 싶다고 생각해서 시작한 공부.

그 첫 시작이 일렉트릭 기타였는데 다루는 건 둘째로 치더라도 이 악기를 가장 잘 다룬 음악을 찾아 들어보고 직접 연주해 본 결과.

오케스트라의 한 요소로 사용하기에는 전기를 이용해 소리를 내는 기타의 음색이 너무나 독보적이었다.

특유의 속도감을 살리고자 하려 해도 다른 악기들이 따라갈 수 있을까 싶다.

"일렉 기타 소리를 들어보지 않았던 것도 아닐 텐데 굳이 선택한 이유가 있을 것 아닌가. 그것부터 명확히 하는 게 좋을 듯한데."

사카모토의 말이 맞다.

"리드할 악기를 찾고 있었어요."

"리드?"

"네. 서곡을 이끄는 악기를 찾고 있는데 멜로디를 강조해야 하거든요. 빠르고 여러 음을 내고 한 대가 있어도 충분한 음량을 낼 수 있는."

"어려운 일이로군."

"실은 피아노로 거의 정했어요. 그 이상 어울리는 악기를 아직 찾지 못했거든요. 그래도 혹시 몰라서 이것저것 찾아서 직접 다뤄보고 있어요."

"다른 후보는 무엇인가?"

여기 어디 적어둔 게 있을 텐데.

책들을 치우다 보니 후보 악기를 적어둔 것을 꺼냈다.

"밴조, 오카리나, 색소폰, 파이프오르간, 클래식 기타, 포크 기타, 일렉트릭 기타, 피아노요."

"……."

"왜요?"

사카모토가 조금 황당해하는 듯하다.

"난 자네가 무슨 곡을 만들려 하는지 모르겠군. 가능성을 열어두고자 하는 것 치고는 너무나 방대해."

"저도 어떤 식으로 완성될지는 모르겠어요. 모티프 들어볼래요?"

사카모토가 고개를 끄덕였다.

피아노 앞에 앉아 건반에 손을 얹어 그에게 모티프를 들려주었다.

"어때요?"

"부드럽군. 원래 자네가 쓰는 모티프야 단순하니까. 그걸 늘이고 줄이고 쪼개고 바꾸는 걸 귀신같이 하니 사실 이것만으로는 감이 잘 안 오네. 다만."

"다만?"

"후보로 정한 악기를 보면 너무 부담을 가지는 듯하네. 마치 모든 음을 다 사용하려는 것처럼."

"……."

맞는 말이다.

"무슨 일 있었는가?"

UN의 날 콘서트에서 내 D단조가 가장 많이 연주되었다는 말을 들었을 때 내가 얼마나 행복했는지 사카모토도, 그 누구도 이해하지 못할 것이다.

격동하는 시대 속에서 개인은 저마다의 고통으로 괴로워했고 나 역시 그들 중 하나였다.

지금도 각자의 삶에서 괴로워하고 필사적으로 살아갈 이들에게 투쟁 끝에 행복이 있을 거라는 메시지를 전하고 싶다.

혹자는 나를 철없는 노인네라 할 수도 있겠지만.

평화.

인간의 가치를 사회가 억누르지 않으며 노력하는 자에겐 밝은 미래가 주어지는 환경.

그것을 노래했던 나로서는 그 일이 무엇보다 기다려졌다.

그리하여 사카모토의 말대로 어쩌면 나는 무리한 작업을 하고 있는지도 모르겠다.

세계와 시대의 악기를 다루는 대교향곡(Grand Symphony).

그랜드 심포니에서는 되도록이면 다양한 악기를 다루고 싶었다.

"UN의 날 콘서트에서 베트호펜의 D단조가 가장 많이 연주되었대요."

"그런가?"

"멋지잖아요. 세계 평화를 기리는 자리에서 울리는 D단조. 가급적 여러 악기를 사용해서 그보다 멋진 음악을 지휘하고 싶어요."

내 말을 들은 사카모토 료이치는 잠시 말이 없다가 이내 웃었다.

"소년이여 야망을 가져라인가."

"네?"

"자네 지금 스스로 베토벤을 뛰어넘겠다고 하지 않았나."

"……"

"슈베르트, 브람스, 바그너, 슈만. 그 외에도 베토벤 이후 음악가들은 모두 그와 비교되길 두려워하거나 그 발자취를 따랐지."

사카모토가 말한 음악가들 모두 찬란히 빛을 냈다고 생각하나 우선은 그의 말을 들었다.

"내가 알기로 베토벤을 뛰어넘는다는 말을 자네처럼 당당히 한 사람은 없었네."

그가 빙그레 웃으며 내 어깨에 손을 얹었다.

"건투를 비네."

"고마워요."

연습을 마치고 샛별 엔터테인먼트 사무실에 들렀다.

어느 정도 마음을 먹었기에 히무라에게도 말을 해줘야 한다고 생각했고 그에게 솔직하게 털어놓았다.

"16살이 되면 독일로 갈 거예요."

"베를린 필하모닉에 들어간다는 뜻이겠지?"

"네. 오케스트라를 배우고 싶어요. 음악감독으로서의 일도 푸르트벵글러 곁에서 보고 싶고요."

"설마 베를린 필에서만 있을 생각은 아니지?"

"그럼요. 베를린 대학에도 들어갈 생각이에요. 학생들도 만나고 싶고 음악사나 여러 지식을 배울 수 있을 것 같아요."

"그런 뒤에는?"

"제 오케스트라를 만들 거예요."

내 말을 들은 히무라가 고개를 끄덕였다.

만 16세.

우리나라 나이로 17세가 되면 샛별 엔터테인먼트를 떠나겠다는 말을 이해한 것이다.

니나 케베리히라면 내 빈자리를 충분히 잘 채워줄 거라 생각하지만, 굳이 말하지는 않았다.

그를 위로하고 싶지 않았고.

그도 위로받고 싶지 않을 것이다.

앞으로 나아가기 위함이고 그 결정에 대해 나는 히무라에게 미안하지 않을 것이다.

히무라는 나를 응원할 테니까.

"전에 했던 약속이 구체화되었구나. 진심으로 응원하는 건 알고 있지?"

"그럼요."

히무라와 눈을 마주했다.

나도 히무라도 웃지는 않았지만 내가 그를 믿는 만큼 그도 내 마음을 잘 알아주리라.

"굶어 죽을 거야……."

그때 느닷없이 박선영이 고개를 떨어뜨린 채 중얼거렸다.

"도빈이가 없으면 사무실 임대료는 어떻게 내지……? 7년 뒤면 임대료도 엄청 뛸 텐데……."

"······."

"······."

"그렇잖아요! 도빈이를 위해 만든 회사인데 도빈이가 없으면 어떡해요!"

나와 히무라가 어이없이 보고 있자 박선영이 소리쳤다.

"선영 누나가 아쉬워서 하는 말인지 알지?"

"요즘 상황극을 너무 자주하는 거 같아요."

잠깐 웃은 뒤 히무라가 결론을 지었다.

"조만간 계약 일자를 조정할게. 할아버님께 말씀드리면 되지?"

"네. 그리고."

내 말에 히무라와 박선영이 의아하다는 듯 눈을 평소보다 크게 떴다.

"제안할 일이 있어요. 내일 할아버지가 같이 보자고 하시는데 시간 괜찮아요?"

"회장님이?"

♪

다음 날.

할아버지로부터 제안을 받은 히무라는 눈을 크게 뜨고 두 손과 고개를 저었다.

저렇게 당황해하는 히무라는 처음 본다.

"아, 아, 아, 아닙니다, 회장님. 제가 어떻게 그런 일을."

"도빈이에게는 이야기 들었네. 자네에 대해서는 따로 알아볼 만큼 알아봤고."

뒷조사를 했다고 저렇게 당당히 말하는 할아버지를 보면 확실히 가족을 대할 때랑은 영 딴판이다.

"성실하고 유능하다 들었네. 작은 회사라곤 하나 기업체에서 부장으로 몇 년 재직하기도 했다고? 발도 넓은 모양이더군."

엑스톤이 작은 회사라.

할아버지와 히무라의 대화는 밥을 먹으면서 듣기에는 심심하지도 않고 꽤 즐겁다.

"그렇습니다만 제겐 너무 큰 역할이라 감당할 수 있을지."

"그걸 판단하는 건 자네가 아니라 날세. 자네에게 전권을 줄 리도 없고. 허투루 했다간 각오하는 게 좋을 거야."

"……예."

당황하던 히무라가 각오를 다진 듯 고개를 끄덕였다.

"재단은 올해 준비기간을 거쳐 내년에 설립할 예정이네. 운영실장으로서 부디 도빈이를 위해 잘해주길 바라고."

할아버지가 박선영에게 시선을 주었다가 다시 히무라를 보았다.

"운영실 인사권은 주도록 하지. 단 이사회의 결정에는 따라야 할 것이야."

그 말에 히무라와 박선영의 얼굴이 밝아졌다.

"예!"

"도빈이가 베를린에 가기 전까지는 샛별 엔터테인먼트 업무도 유지해야 할 테니 손이 부족할 걸세. 김 실장."

"네."

비서실장이 다가와 히무라에게 서류를 건넸다.

그것을 받아든 히무라가 천천히 읽기 시작했고 궁금함을 못 참은 박선영이 슬쩍 같이 보는데 두 사람 다 깜짝 놀라 버렸다.

"인수……."

"기존 업무와 동일하네. 자네 직함과 역할도 같고. 지원도 있을 테니 재단 운영 때문에 도빈이 관리를 느슨하게 하지 않았으면 하네."

"그게……."

"사람 더 뽑으라는 말일세."

두 사람 모두 어안이 벙벙하여 인수합의서와 나 할아버지를 번갈아 볼 뿐이었다.

할아버지와 미팅을 마친 뒤 샛별 엔터테인먼트 사무실로 돌아왔다.

박선영은 꿈만 같다는 말을 되풀이하다가 히무라가 인수합병에 필요한 문서를 준비하라 하자 퍼뜩 정신을 차렸다.

"대표님, 저 뭔가 지금 너무 얼떨떨해서 뭐가 뭔지 잘 모르겠어요. 뭐부터 해야 해요?"

"나도 그래. 우선은 미뤘던 문서화 작업부터 하자."

그렇게 충격적인 일인가 싶지만.

히무라와 박선영은 갑작스러운 일에 당황하면서도 조금은 의욕적으로 보였다.

새로운 길이 열렸음을 받아들이려 노력하는 듯해서 다행이다.

오케스트라를 만드는 일이 내게 큰 도전인 만큼 저 두 사람에게도 큰 전환점이 될 터인데, 겁먹지 않고 나아가려는 자세에 다시 한번 믿음이 갔다.

"그러고 보니 도빈아, 내년부터는……."

히무라가 나와 할아버지의 생각을 확인하기 위해 말을 꺼냈다.

"네. 정해진 일만 하고 그전에는 유학 준비랑 작곡만 할 거예요."

"유학 준비?"

박선영이 물었다.

"할아버지가 알아봐 주셨는데 시험을 봐야 한대요."

"그렇지. 분명 독일어 어학시험을 봐야 할 텐데, 너라면 프리패스지 않을까?"

히무라가 내 말을 거들었다.

독일 대학으로 유학 가는 사람에게는 만 16세라는 조건 이외에 기본적인 소양이 요구되는데.

그중 하나가 방금 히무라가 언급한 독일어 어학시험(Deutsche Sprachprüfung für den Hochschulzugang: DSH)이다.

할아버지의 비서실장은 이 부분을 걱정했지만.

히무라의 말처럼 내겐 식은 카레를 먹는 일보다 쉽다.

"네. 그건 굳이 준비 안 해도 돼요."

"그럼 연주자 과정은 아닐 테니 입시 연주를 준비하는…… 네가 입시 연주를 준비하다니. 말이 안 되네."

말을 이어가던 히무라가 헛웃음을 지었고 나도 따라 웃었다.

독일 음대의 연주자 과정을 수강하기 위해서는 독일어 자격 시험과 시대별 곡 연주 그리고 청음과 이론 시험을 봐야 하는데 솔직히 그리 높은 수준을 요구하는 것 같지는 않았다.

"그럼 뭘 준비하는 거야?"

박선영이 물었다.

"우선 진로를 오해하고 계신 거 같은데 음대로 가는 거 아니에요."

"어?"

히무라와 박선영이 놀라 되물었다.

"음악사 전공으로 가려고요. 음악학이나 피아노과 중에서 부전공을 늘릴 생각도 있지만 아직은 그런 생각이에요."

"검정고시를 준비하는구나."

히무라가 상황을 이해했는지 고개를 끄덕였다.

음악사 전공은 음대가 아니라 일반 대학교에 있다는 걸 알고 있는 것이다.

할아버지의 비서실장이 알려주었는데 초등학생이 검정고시를 보는 일은 꽤 조건이 각박하다고 한다.

만 12세 즉, 초등학교를 6년 다닌 나이와 동일해야 하는 법이 있다고 하여 어쩔 수 없이 다니겠다만.

그 뒤, 중학교나 고등학교의 졸업증을 검정고시로 얻는 일은 꽤 빈번하다고 한다.

내가 준비할 일은 이 일.

되도록 17살이 되기 전에 고등학교 학력을 취득할 생각이다.

한국에서 고등학교 졸업증을 가지고 유학을 가면 디플름 [Diplom: 8학기 학사 과정, 2016년부터는 바첼러(Bachelor)로 이름이 바뀌었다]을 시작할 수 있는데.

음대의 일반 연주자 과정은 '음악적 재능이 있는 자에게 입학 자격을 부여한다'라는 식의 예외가 있는 반면.

내가 대학에서 공부하고자 하는 음악학이나 음악사의 경우에는 음대가 아닌 일반 대학교에 개설되어 있어 그에 준하는 대학 입학 자격이 요구되기 때문이었다.

가방끈이 짧은 나로서는 꽤 준비를 해야 할 텐데, 되도록 음악만 공부하고 싶은 나로서는 최대의 고비라 할 수 있었다.

할아버지의 비서실장은 턱없이 쉽다고 했지만 사실 필수과

목(국어, 수학, 영어, 사회, 과학. 선택과목은 음악으로 할 예정이다)만으로도 꽤 공부를 해야 했다.

모르는 게 너무나 많으니까.

"아무튼 그래서 그때는 활동을 잠시 멈출 거예요."

"그래. 무슨 말인지 알겠다."

"으음. 그럼 도빈이가 할 일이…… 한일 합동 콘서트랑 쇼팽 콩쿠르. 연주회 정도 남았네?"

"네. 그 두 일정만 끝나면 샛별 엔터테인먼트의 일도 끝날 거예요."

사실 한일 합동 콘서트와 쇼팽 콩쿠르는 샛별 엔터테인먼트와 관련이 없다.

2015년 올해 6월까지 예정되어 있는 여섯 번의 연주회 정도가 샛별 엔터테인먼트와 내가 준비할 일의 전부다.

요즘 일렉트릭 기타를 연주하는 게 즐거워서 중간에 기타 앨범을 한 번 정도 낼 생각은 있지만 아직은 정하지 않은 일.

그 뒤에는 샛별 엔터테인먼트는 니나 케베리히를 중심으로 돌아갈 것이다.

또는 히무라가 영입할 다른 음악가라든가.

"그래. 할 일이 정해져 있으니 준비하기 좋네. 선영이는 내일 구인공고 올리고."

히무라가 박선영에게 사람을 구하자고 하자 박선영의 얼굴이 밝아졌다.

"난 멋진 연주자들을 찾아야겠네. 혹시 네가 만들 오케스트라에 들어갈지도 모르겠는데?"

"히무라라면 잘 뽑을 거라 생각해요."

히무라도 이제 나만이 아니라 본업으로 돌아가 여러 재능 있는 사람들을 발굴, 계약, 육성하는 일을 준비해야 할 테고.

나는 당장 지금부터 선행 학습과 콩쿠르, 연주회 일정을 동시에 진행해야 하니.

서로 바빠질 것 같다.

♪

"……놀리는 거지."

"아니야!"

내 앞에 놓인 가장 큰 과제.

현대의 지식을 받아들이는 일이 쉽지 않을 거라 생각은 했지만 선행 학습을 위해 펼친 중학교 교과서 내용은 도통 그 의미를 알 수 없었다.

공부를 잘하는 최지훈이 내게 대륙이 이동을 한다는 이상한 말을 해주었다.

"땅이 어떻게 움직인다는 거야!"

"움직여! 진짜란 말이야! 봐봐, 여기랑 여기가 같은 지층이 형성되어 있다고 하잖아. 예전엔 붙어 있었다구!"

"예전에도 떨어져 있었어!"

"네가 어떻게 알아!"

이런 식으로 며칠을 반복한 결과.

최지훈은 내게 과학을 가르치는 걸 포기했고 나는 할아버지가 붙여준 친절하고 교양 있는 가정교사에게 내 상식을 폭행당하는 경험을 매일, 매시간 당해야 했다.

나도.

내 가정교사 역할을 맡은 그녀도 서로에게 적응하기까지 꽤 힘든 시간을 보내야만 했다.

나와 당시 유럽인들이 얼마나 무지했는지 알 수 있었다.

예를 들어 수학의 경우에는.

"도련님, 169 곱하기 3을 틀리지 않게 된 일은 기쁩니다만 언제까지 169를 세 번 더하실 건가요?"

"그 도련님이란 말 좀 어떻게 해보세요. 간지러워서 못 듣겠다고요."

"안 돼요. 제 월급 까여요."

"……"

"수익 계산은 그렇게 잘하시는데……. 그럼 이렇게 하죠. 도련님의 앨범 정산액이 매달 169만 원 들어오고 이것을 은행에

3년간 저축한다고 하죠. 매달 복리 이자고 이율은 1.7퍼센트입니다. 3년 뒤에는 얼마가 모여 있을까요?"

"일반과세예요? 비과세?"

"……일반과세로 하죠."

"이자에 15.4% 세금이 붙으니까 62,211,526원이요."

"……정답입니다. 그…… 방금 암산으로 하신 거예요?"

역사의 경우에는.

"최초의 인류는 300~350만 년 전에 출현하였습니다."

"네?"

"뭔가 이상한 거라도?"

"그걸 어떻게 아는데요?"

"유물, 유적을 조사한 결과니까요."

"골동품을 보고 어떻게 안다는 거예요? 누가 적어놓은 것도 아니고."

"……."

과학의 경우에는.

"인간이 원숭이였다고요?"

"아뇨. 조상이 같다는 말이에요."

"그게 그 말이잖아요. 재밌는 농담이네요. 그러고 보니 지훈이네 개도 예전에는 늑대였다고 하나 봐요."

"……."

♪

"도빈아."

저녁 식사를 하는 와중에 할아버지가 나를 불렀다. 평소와는 달리 조금 난감한 표정이셨는데 무슨 말씀을 하실지 감을 잡을 수 없었다.

"김 실장이 그러는데 네 선생님이 울었다고 하더구나. 무슨 일 있었느냐?"

"모르겠어요."

"흐음."

"정말이에요. 인간이 원숭이였다는 농담도 주고받는걸요."

"⋯⋯."

"아, 할아버지. 그거 아세요? 대륙이 사실 이동하고 있대요."

"하하! 그거 참 신기하구나."

♪

그렇게 '지식'을 쌓아가다 보니 어느새 봄이 다가왔다.

겨울방학 동안 공부를 하며 한일 합동 콘서트와 피아노 연주회를 가졌는데 그 때문에 그래미상을 포함한 7개 시상식에는 참여하지 않았다.

'두 대의 피아노를 위한 협주곡'이 다시 한번 최고의 앨범상을 수상했는데 본상 수상자가 시상식에 참여하지 않은 일은 처음이라며 난리도 아니었다.

덕분에 기자들이 샛별 엔터테인먼트 사무실 앞에 진을 치고 몇 날 며칠을 버티고 있었다.

바빠서 눈이 돌아갈 지경인데 그런 것 따위 신경 쓸 여유 없다고 말하려는 걸 박선영과 히무라가 내 입을 틀어막는 바람에 아파서 참가하지 못했다는 식으로 알려지게 되었다.

비겁하게 거짓이 알려진 게 몹시 마음에 안 들었다만 정정 기사를 내는 것도 귀찮고 그 일은 지금도 가끔 시끄럽게 울리는 '신의 장난'처럼 아예 무시하기로 했다.

그렇게 개학.

3학년이 시작되자마자 애매하게 반가운 소식을 받았다.

최지훈이 결국 '모차르트의 산책' 오디션에 최종 합격했다는 이야기였다.

어찌나 기뻐하던지 녀석은 곧장 촬영을 하기 위해 유럽으로 향하기 전에 내 손을 잡고 방방 뛰었다.

그리고 며칠 뒤 분장한 모습을 사진으로 보내주었는데, 신기하게도 원래 검은 눈을 가졌던 최지훈의 눈이 파랗게 되어 있었다.

[눈이 파랗잖아.]

[응! 렌즈 꼈어.]

[렌즈?]

[렌즈 몰라? 눈에 끼우는 거야. 눈이 안 좋은 사람이 잘 보이게.]

눈에 무엇인가를 끼우다니.

어려서 그런지 겁이 없다.

[한일 합동 콘서트는 어땠어?]

[재밌었어. 일본에 유리코라는 사람이랑 바이올린 협주곡을 했는데 잘하더라.]

[생방송으로 봤지롱. 베토벤 바이올린 협주곡 D장조라니. 완전 최고잖아.]

[봤으면서 왜 물어.]

[ㅠㅠ]

[사카모토가 밴드로 축하 공연 한 것도 봤겠네. 록도 재밌어 보이더라.]

[요즘 너 일렉 기타 친다고 사람들이 걱정하던데. 그쪽으로 넘어가는 거 아니냐면서.]

[너야말로 연기한다고 사람들이 걱정하더라. 어쩔 생각이야?]

[히힝. 당연히 둘 다 해야지! 나 걱정해 주는 거야?]

[예선 탈락할 거 같으니까.]

[헐.]

[진심이야.]

[실은 연기 배우면서 쇼팽 피아노 콩쿠르 준비도 하느라 엄청 힘들어. 살려줘ㅠㅠ]

[그러니까 그건 왜 한 건데? 연습할 시간도 없으면서.]

[연기가 재밌는 걸 어떡해. 그리고……모차르트 되어보고 싶었단 말야.]

요즘에는 '천재니까'라는 말을 잘 안 해서 조금씩 이겨내고 있다고 생각했거늘, 아직 그 '천재'라는 부담이 녀석의 발목을 잡고 있는 듯했다.

연기를 좋아할 뿐이라면 좋았을 텐데. 조금 속상한 이유가 포함되어 있다.

[천재라는 이름이 중요한 게 아니야.]

[응…….]

[음악가는 자기 음악을 하는 것만으로도 그 이름이 무거워. 그러니 누가 뭐래도 그런 부담 가지지 마.]

[ㅋㅋㅋ응!]

대답은 잘한다.

[그래서 예선은 어떻게 할 건데?]

[지금은 미팅이랑 대본 읽고 있어. 진짜 촬영은 여름에 시작되니까 곧 서울로 갈 거야.]

[그래. 그럼 그때 봐.]

[그때 봐아아~]

· 33악장 ·
쇼팽 국제 피아노 콩쿠르

2015년 상반기.

대한민국을 뜨겁게 한 몇 가지 키워드 중에서 가장 돋보이는 단어는 콩깍지 신드롬이었다.

2014년 하반기에 명명된 이 사회·문화적 현상을 뜻하는 단어는 배도빈의 팬들이 스스로를 지칭하는 '콩깍지(배도빈의 영어 표기 Dobean의 빈(bean: 콩)을 따서 만든 이름)'란 이름과 신드롬(syndrome)의 합성어였는데.

이를 기자들이 연일 배도빈과 관련한 기사를 적을 때 사용하면서 널리 퍼지게 되었다.

[피아노 판매율 480% 경신! 콩깍지 신드롬에 행복한 비명]

[배도빈이 다니는 단골 카레집 사장, "너무 많이 오셔서 제대로 대접해 드리지 못할까 무서워요."]

['두 대의 피아노를 위한 협주곡' 앨범 판매량 30만 장 돌파!]

[배도빈 책가방 품절 현상!]

[음악 영재 교육열 화끈!]

[2014년 음대 진학율 20% 증가. 콩깍지 신드롬의 영향인가?]

WH그룹과 샛별 엔터테인먼트의 노력에도 파파라치들의 집요한 추적을 통해 배도빈의 사생활이 서서히 공개되었다.

덕분에 배도빈이 사용하는 물품이 품절 현상을 겪는다든지, 그가 주로 다니는 매장에 인파가 몰린다든지 하는 일이 잦게 일어났다.

2000년 이후 음반 판매량이 급격히 떨어진 대한민국의 음반 시장에서 클래식 부문에서는 유일하고 압도적인 기록을 보인 일까지, 배도빈과 관련된 일은 마치 유명 연예인의 전성기를 보는 듯했다.

자연스레 배도빈의 이미지를 활용해 마케팅을 하기 위한 업체들이 손을 뻗는 일이 잦아졌고 그들이 제시한 조건은 날로 치솟았다.

그러나 샛별 엔터테인먼트는 CF, 드라마 출연, 예능 출연을 모두 거절하였다.

명목상의 이유는 곧 있을 쇼팽 국제 피아노 콩쿠르에 집중하기 위해.

기업은 기업대로.

팬은 팬대로 외부 활동을 줄이든 배도빈앓이를 할 뿐이었다.

♪

다니던 카레집에 사람이 너무 많아졌다.

향긋하고 깊은 풍미를 조용히 음미할 수 있는 몇 안 되는 곳이었건만, 정말이지 애석한 일이다.

'이제 갈 곳도 없는데.'

밖에 나가는 순간 대체 언제부터 기다렸는지 모를 인간들이 여기저기서 사진을 찍어대거나 몰려들어 도통 다닐 수가 없었다.

할아버지가 카레를 더 이상 못 드시는 몸이 되어버렸는데, 쉐프는 카레를 만들 뿐, 따로 내면 된다고 말했지만.

할아버지가 카레 냄새만 맡아도 눈썹이 꿈틀꿈틀하여 되도록이면 외식으로 카레를 충당하고 있던 나로서는 너무나, 너무나 통탄할 일이었다.

'대작은 슬픔 속에서 태어나는 법이지.'

그런 애처로운 환경 속에서도 스스로 위로하며 대교향곡을 만들기 위해 이런저런 악기를 다루는 일에 매진했는데 큰 소득이 있었으니.

바로 얼후(二胡, Chinese Fiddle)라는 중국 전통 현악기였다.

이 연약하고도 잘 짜인 악기는 동양과 서양 악기의 사이에서 음을 내는데 내가 생각했던 대교향곡의 서곡의 분위기가 너무도 잘 어울렸다.

얼후를 알게 된 후로는 그것으로 연주된 음악을 듣는 게 일상이 되었고 결국 나는 서곡의 주인공을 얼후로 결정하게 되었다.

CF라든지 예능 프로그램에 출연해 달라는 이야기가 하루에도 몇 번이나 들어왔지만 그딴 일에 시간을 허비할 수 없었던 이유.

전문가에게 얼후를 배우고자 히무라나 주변 사람들에게 도움을 청한 결과.

가우왕이 자신이 아는 중국의 유명 얼후 연주자를 소개해 준다고 연락을 주었다.

이름은 소소. 중국 내에서는 15살부터 여러 녹음을 맡았다고 한다.

"고마워요. 덕분에 쉽게 구했네요."

-그건 괜찮은데. 대체 무슨 생각이야?

"새로 지을 곡에 쓰려고요. 잘 다뤄야 잘 활용하죠."

-모든 작곡가가 너처럼 생각하진 않겠지만……. 뭐, 실력은 보증해. 중국에서 제일 잘하는 애야.

"가우왕이 그렇게 말하면 정말 잘하겠죠."

-성격이 좀 이상하지만.

"가우왕보다요?"

-이 꼬맹이가 누구보고 성격이 이상하다는 거야?

잠시 웃은 뒤 다시 대화를 이어나갔다.

"그런데 어떻게 이렇게 빨리 소개해 준 거예요?"

-동생이니까.

어떻게 아는 사이인가 했더니 자기 동생이란다.

-아무튼 쇼팽 예선이 얼마 안 남았잖아. 다른 데 정신 팔려서 망신당하는 일 없게 해.

내가 예선에서 떨어지리라고는 조금도 의심하지 않으면서 괜한 말을 한다.

성격은 어디 가지 않는 듯.

이런 사람이 말하는 '성격 이상한 사람'은 어떨지 조금은 궁금해지기도 하다.

"걱정 마요. 그러면 저한테 진 사람이 불쌍하게 되니까요."

-…….

전화기 너머에서 부들부들 떨고 있을 가우왕에게 웃으며 말해주었다.

"그러지 않아도 이번 쇼팽 콩쿠르에는 나름 긴장하고 있어요."

-네가?

"네. 니나 케베리히라고 대단한 사람이 나오거든요. 기대해도 좋아요."

-심사위원에게 그런 말 하는 거 아니야. 이제 콩쿠르 끝날 때까지 개인적인 연락은 안 할 테니까 또 날 놀라게 해봐.

"그래요."

가우왕과 통화를 마치고 사흘 뒤.

얼후 연주자 소소가 고맙게도 한국까지 찾아와 주었다.

이제 막 성인이 되었을까?

샛별 엔터테인먼트 사무실에 앳된 처자가 들어왔다.

'닮았잖아.'

남매라더니 정말 닮았다.

가우왕을 닮아 눈이 크고 눈썹이 짙고 코는 오똑한데 입은 작다.

"반가워요, 소소."

"……."

서로 통하는 언어가 없는가 싶었는데 히무라가 중국어로 인사를 전해주어도 '니하오'라는 말할 뿐.

과묵한 친구인 듯하다.

'히무라는 대체 몇 개 국어를 쓰는 거지.'

문득 자국어인 일본어를 포함해 한국어, 영어, 중국어, 독일어를 하는 히무라가 대단하단 생각이 들었다.

"멀리 와줘서 고마워요. 가우왕에게는 이야기 들었죠? 잘 부탁해요."

"……."

히무라가 내 말을 전달했고 소소는 대답은 없이 주변을 둘러보다가 연습실에 있는 피아노를 가리켰다.

성격이 이상하다더니.

숫기가 없다는 뜻이었던 모양이다.

'과묵하고 표정 변화도 없고.'

피아노를 가리키는 행위가 무슨 뜻인지 알 수 없어 히무라에게 물었다.

"무슨 뜻이에요?"

"잠깐만."

히무라가 뭐라 한참을 이야기했고 소소는 한참을 가만있다가 마침내 한 마디 내뱉었다.

"얼후를 가르쳐 주면 피아노를 알려달라고 하는데?"

"왜요? 가우왕에게 배우면 될 텐데."

나야 한국에 얼후는 다루는 사람이 매우 적고 또 실력자는 더욱 드무니 부탁한다지만 중국에는 피아노를 잘 치는 사람이 많은데 굳이 내게 알려달라 하는지 알 수 없었다.

남매인 가우왕에게 배워도 될 테고.

"오빠. 재수 없어."

"……."

소소가 말을 내뱉자 히무라가 조금 당황한 듯 순간 말을 못

하고 입만 뻥긋댔다.

"뭐래요?"

"……가우왕 씨랑 사이가 안 좋은 모양이야."

그런 것치고는 가우왕의 부탁을 받아 한국까지 찾아와 줬으니 사이가 나쁘진 않을 것 같은데.

"그럼 그렇게 하자고 해요. 저도 공짜로 배울 순 없으니까."

히무라가 내 말을 전하고 소소가 고개를 끄덕여 그녀에게 손을 내밀었다.

"잘 부탁해요, 소소."

"부탁해."

뭐라는지는 모르겠지만 손을 마주 잡아 악수를 나누었으니 나쁜 뜻은 아닐 거다.

"그럼 시작하기 전에 간단히 이야기를 나눠야 할 것 같은데. 소소 씨, 서 있지 마시고 앉으세요. 커피 괜찮으시죠?"

"커피 안 마셔."

히무라가 조금 당황스러운 듯 여러 이야기를 묻더니 박선영에게 보이차를 사 오라 시켰다.

편의점에서 사 온 보이차를 마신 소소의 얼굴에는 처음으로 변화가 생겼다.

무척 실망한 듯한 얼굴이었지만 불평은 없어 박선영이 스트레스를 받는 것처럼 보였다.

"입에 안 맞는 모양이네요. 다음에 오실 땐 준비해 놓을게요."

"괜찮아요."

그렇게 매우 불편하게 미팅을 시작했고, 한동안 한국에 머물러 있기로 한 소소와 몇 가지 약속을 했다.

하나는 이틀에 한 번 서로에게 악기를 가르쳐 주는 일정 약속. 일요일은 쉬기로 했다.

둘은 4월 13일부터 24일까지 쇼팽 국제 피아노 콩쿠르 예선이 있기에 해당 기간에는 레슨을 하지 않는다는 양해였으며.

마지막은 소소가 한국에 머무는 데 드는 모든 비용을 부담해 준다는 약속과 13일부터 24일까지는 관광을 시켜준다는 이야기였다.

미팅 후, 히무라와 박선영에게서 그녀가 얼마나 무례한지에 대한 이야기를 들은 다음 날.

가우왕이 동생을 추천한 이유를 알 수 있었다.

그녀의 얼후는 말 그대로 보석이었다.

♪♪♩♩♪

♩♪♪♪♪

덩리쥔이 불렀다는 월량대표아적심이란 곡을 연주하는 그녀는 마치 어릴 적 아버지께서 읽어준 전래동화에 나오는 선녀 같았다.

그 구슬픈 가락에는 강단이 있고.

부드러운 음색은 어디로 향할지 모르게 귀를 간지럽혔다.

내가 구상한 대교향곡에서의 쓰임과는 전혀 다른 느낌이었지만 이 사람에게서라면 얼후의 활용법을 충분히 배울 수 있을 것 같다.

연주를 마친 그녀에게 박수를 보냈다.

"해봐."

"뭐래요?"

"해보라는데?"

뜬금없이 실전 교육이라.

마음에 드는 교수법이다.

소소와 서로 사사하다 보니 시간이 부쩍 흘렀다.

미리 이야기는 해두었지만 나를 가르치기 위해 한국까지 온 그녀가 관광도 거부하여 혼자 두기 미안했는데, WH호텔 침대에 누워 보이차와 팝콘을 먹으며 영화를 보는 그녀를 보곤 조금 안심했다.

그렇게 4월 10일.

쇼팽이 태어난 폴란드의 바르샤바로 향하기 위해 할아버지의 전용기에 탔다.

"으으으."

재단과 샛별 엔터테인먼트를 동시에 돌봐야 했던 히무라는 비행기에 타자마자 쓰러지듯 앉았다.

"나 좀 잘게."

최지훈과 집사 할아버지도 함께했는데 연습을 어찌나 많이 했는지 최지훈도 히무라와 비슷한 느낌이다. 평소 같았으면 조잘조잘 쇼팽에 대해 이야기해 주었을 텐데 의자에 누워 금방 곯아떨어졌다.

나도 버튼을 눌러 의자를 완전히 일자로 만들곤 적당히 자리 잡았다.

'편하단 말이지.'

할아버지의 비행기는 확실히 편하다. 일행만 있는 거라든지 넓은 자리 그리고 서비스까지 역시 돈은 많으면 많을수록 좋다.

"니나는 어떻게 되었어요?"

히무라에게 물었다.

"DVD 예선 통과했어. 바르샤바에서 만나기로 했는데 선영이가 잘 데려올지 모르겠네."

나와 히무라가 확신한 대로 잘 통과한 모양이다.

쇼팽 콩쿠르 예선에 참가하기 위해서는 참가 자격을 얻어야 하는데, 그 방법은 자신의 연주 영상을 콩쿠르 운영위원회에 보내는 일이라고 한다.

거기서 통과를 한 160명만이 쇼팽 국제 피아노 콩쿠르 예선에 참가할 수 있다.

160명이라는 정원에는 유명 콩쿠르의 상위 입상자 특전도 포함되고 이번 대회부터는 크리크 결선에 오른 인원도 추가로 포함된다고 들었다.

그 안에.

내가 의식하고 있는 사람은 단 두 사람.

바쁜 일정 속에서도 얼마나 노력했을지 뻔히 보이는 친구와 라이벌이 될지도 모르는 니나 케베리히가 포함되어 있다.

그간 얼마나 정제가 되었을지.

니나의 피아노를 생각하면 가슴이 두근거린다.

[제17회 쇼팽 국제 피아노 콩쿠르 기자 회견 요약 보도]

지난 11일.

쇼팽 콩쿠르에 관한 기자회견이 프레데리크 쇼팽 뮤지엄 콘서트홀에서 열렸다.

쇼팽 협회장 예르타냐 지게를 포함해 앤드류 시잔스키(폴란드 제1라디오 국장), 예제만 와치(폴란드 음악가), TVP Kultura 이사, WBK 보도 사무국장 등이 참석한 자리에서 발표된 내용은 다음과 같았다.

1. 제17회 쇼팽 국제 피아노 콩쿠르는 폴란드의 유력 TV 채널 세 곳과 제1라디오, 제2라디오에서 동시 생중계한다.

2. 쇼팽 협회는 전 세계의 클래식 음악 팬들이 쇼팽 국제 피아노 콩쿠르를 즐길 수 있도록 독자적인 스트리밍 플랫폼을 구현하는 중이다.

올해 콩쿠르에서는 활용할 수 없지만 그 대신 이번 콩쿠르는 뉴튜브에서 생중계로 관람할 수 있다.

3. 주최는 프레데리크 쇼팽 협회로서 다음과 같은 단체와 파트너십을 맺고 있다(고글, 리젠트 바르샤바, 렉서스, 폴란드 국립 필하모닉, 미시시피, WH, EI).

'국경 없는 쇼팽'이라는 슬로건을 내세운 쇼팽 협회는 뉴튜브 생중계라는 결단으로 쇼팽을 사랑하는 모든 사람이 함께할 수 있도록 최선을 다했다.

시대의 변화에 발맞추는 쇼팽 협회의 방침이 쇼팽 국제 피아노 콩쿠르의 권위를 다질 것으로 전망한다.

여담으로 제17회 쇼팽 국제 피아노 콩쿠르 예선 참가자 160명 중 76명이 동아시아에서 출전(일본 27명, 중국 25명, 한국 24명)하면서 아시아 피아니스트들의 분발이 예상되며.

그중에서도 단연 주목할 사람은 대한민국의 배도빈이다.

-한스 레넌(그래모폰)

4월 11일에 있었던 쇼팽 협회의 제17회 쇼팽 국제 피아노 콩쿠르 기자회견은 전 세계 음악 팬들에게 반가운 소식이었다.

그간 쇼팽 국제 피아노 콩쿠르를 생중계로 보기 어려웠던 사람들이 많았는데, 이번에 쇼팽 콩쿠르 역사상 최초로 뉴튜브를 통해 인터넷 생중계가 된다고 하니 기쁠 수밖에 없었다.

또한 예선 참가 자격을 획득한 사람도 동·서양, 국가 사이의 치우침이 적었는데, 쇼팽 협회가 내세운 슬로건과 부합하는 정책에 많은 사람이 10월에 있을 본선 중계를 기대하였다.

그만큼 예선도 주목받았으며, 그중에서 가장 큰 관심을 얻은 사람은 다름 아닌 지난 몇 년간 믿을 수 없는 퍼포먼스를 보였던 배도빈이었다.

컨디션 조절을 위해 조금 일찍 왔는데 하루 뒤, 박선영과 니나 케베리히와 만날 수 있었다.

"야호! 도빈이잖아! 선영, 빨리. 빨리!"

"난 짐이 많잖아! 뛸 거면 너 먼저 가. 좀!"

멀리서부터 뛰어온 니나는 여전히 활달했다.

머리카락은 전에 볼 때보다 훨씬 짧아졌는데 옆머리를 아예 밀어버려 시원해 보였다. 어떻게 한 건지 윗머리가 찰랑이면서도 위로 선 채 뿌리 부근은 고정되어 있다.

"많이 컸네! 1호기!"

"2호기도 많이 컸네요."

'다행이네.'

나중에 들은 이야기지만.

니나는 대학에서 청강할 당시 안 좋은 일을 겪었단다.

히무라는 그 이상은 내게 말을 아꼈는데 자세히는 알 수 없었지만 아마 '어린' 내게 좋지 않은 영향을 미칠 거라 생각한 것 같으니 가벼운 일은 아닌 듯하다.

물어볼 수야 있겠지만 니나의 사생활을 침범하는 일이니 그러지 않고 걱정할 뿐이었는데.

잘 이겨내고 적응한 듯하여 안심했다.

"아하하! 많이 컸다는 말 오랜만에 들어. 이상한 건 여전하네. 어? 도빈이 친구도 왔네?"

"아, 아, 안녕하세요."

니나를 본 최지훈이 잔뜩 긴장한 채 인사했다.

그간 독일어를 조금 공부한 모양인지 간단한 회화는 알아듣는다.

'정말 좋아하는 건 아니겠지.'

니나에 대해 가끔 물어보기는 했지만 나이 차이도 여덟 살이나 나니 사춘기 소년의 한때 마음이겠거니 하고 넘겼다.

'아니. 독일어를 배운 게 설마.'

그래. 설마.

인터넷에서 본 말을 빌리자면 '이 커플 반댈세'다.

"선영, 선영. 나 배고파."

"으으. 한 번만 더 말하면 스무 번째야. 대표님 만났으니 이제 안 그래도 먹으러 갈 거야."

박선영의 말에 나나의 얼굴이 활짝 펴졌다.

"사장님, 우리 맛있는 거 먹으러 가요."

"하하. 그래요. 우리도 아직이니까. 찾아보니 바르샤바 필하모닉 홀 근처에 괜찮은 곳이 있던데."

"좋아요! 도빈, 빨리 가자."

못 말린다.

잠시 뒤.

숙소와 얼마 떨어지지 않은 레스토랑에 자리를 잡았다.

메뉴판을 보아도 무엇을 주문해야 할지 모르겠는데 최지훈이나 집사 할아버지, 박선영도 마찬가지로 보였다.

"저는 이거랑 이거요."

"그게 뭐예요?"

나나가 음식을 시켜 참고해 볼 겸 물어보았다.

"몰라."

"……"

"하하. 도빈아, 이건 어때?"

'뭐 이런 애가 다 있어?'라고 생각하는 와중에 히무라가 내게 메뉴판을 보이며 말했다.

"플라츠키라고 감자 부침이야. 오즈즈펙이랑 같이 먹어도 맛있어."

"그걸로 할게요."

"그럼 저도."

"그럼 저도요."

모두 같은 메뉴를 주문하자 히무라가 웃으면서 음식을 적당히 주문하겠다고 말했다.

일행은 기다렸다는 듯 함께 고개를 끄덕였다.

"주문하시겠습니까?"

"네. 플라츠키와 피에로기 두 접시랑 오즈즈펙을 녹여서 주세요. 포크커틀릿에는 무슨 소금이 나오나요?"

"지중해에서 조달한 바위 소금이 있습니다."

"네. 그럼 그걸로 두 접시 부탁드릴게요. 음료는 인원수대로 물과 레몬에이드를 부탁드려요."

"알겠습니다."

폴란드어까지 할 줄 알다니.

히무라가 더 유능하다는 것을 새삼 깨달았다.

큰 고비를 넘겼으니 그간 못 다한 이야기를 나눌 차례.

니나에게 물었다.

"대학 생활은 어때요?"

"재밌어. 교수님이 나처럼 웃긴 사람은 처음이래."

"웃긴 사람?"

"나 페달을 오른발로만 밟았거든. 어쩐지 엄청 힘들더라."

한쪽 발로만 페달을 밟으면 타이밍을 맞추기 어려울 뿐더러 소리도 의도했던 것과 달라지기 쉽다.

'대학 보내길 잘했네.'

연주 자체는 더할 나위 없이 훌륭했는데 그런 문제가 있었다니, 아마 독학으로 익혔기 때문이리라. 대학에서 제대로 교육을 받도록 한 것을 다행으로 여겼다.

실제로 연주하는 모습을 본 시간은 짧은데 연주에 혼을 빼앗겨 다리는 보지 않았는데 소리를 못 들었던 예전 같았으면 여러 부분을 관찰했을 것이다.

귀를 찾아서 너무나 행복한 나머지 좋은 습관을 잊고 말았다.

"다른 건요?"

"이것저것 있었는데 다 고쳤지! 두고 봐. 우승해서 3만 유로를 따서 네게 줄 테니까."

"그건 제 돈이라서 그럴 필요 없어요."

"뭐? 아하하! 쉽지 않을걸?"

그렇게 대화를 나누고 있자 종업원이 음식을 내왔다.

만두처럼 생긴 음식이 나왔는데 이게 피에로기인 듯. 한 입 베어 물자 진한 버섯향과 육즙을 느낄 수 있었다.

'좋은데.'

역시 히무라. 옳은 선택이다.

"이거 맛있다! 그쵸, 집사님?"

"허허. 감자전이군요. 간이 센 편이 아니라 좋네요."

감자를 갈아서 기름에 부친 듯한 음식인 플라츠키는 걸쭉한 소스와 채소와 함께 나왔는데 이 또한 맛이 좋았다.

"히무라."

"응?"

"항상 어딜 가든 말도 통하고 문화도 아는 거 같아요."

"아아. 엑스톤에서 일할 때는 엄청 돌아다녔으니까. 일 년에 두세 달은 비행기에 있었을걸?"

세상 끔찍한 소리다.

고생한 히무라에게 피에로기 하나를 덜어주었다.

"도빈아."

배를 적당히 채워가는 중, 최지훈이 불렀다. 고개를 돌려 눈을 마주하니 녀석이 작은 목소리로 속삭였다.

"니나 누나 몇 살이야?"

"안 돼."

"어? 뭐가?"

"안 된다면 안 되는 거야."

최지훈이 누군가를 만난다면 기특한 녀석에게 힘을 줄 수 있는, 활달하고 착한 사람이길 바란다.

"오! 이것도 맛있다. 선영, 먹어봐. 아~"

"혼자서 먹을 수 있어. 아이 참."

"앙~"

어쩔 수 없이 나나 케베리히에게 음식을 받아먹는 박선영은 민망한 듯 얼굴을 붉혔다.

"자, 사장님도!"

"나, 난 괜찮아요."

"앙~"

"……."

힘을 주는 활달한 사람이라…….

"도빈아아~"

"재촉하지 마. 생각 중이니까."

조금 마음이 복잡해졌다.

식사를 마친 뒤 거리로 나왔다.

쇼팽 콩쿠르가 열리는 바르샤바 필하모닉 홀이 근처에 있다고 하더니, 잠깐 구경하고 가자는 니나의 의견을 받아들여 5분 정도 걸었다.

이내 상아색 외벽의 멋들어진 건물이 눈에 들어왔다.

세계 각국의 국기가 2층 테라스에 걸려 있었고 그 사이에 석상이 있었다.

'누구지.'

그런 생각을 하며 천천히 걷는데 니나가 히무라에게 물었다.

"사장님, 안에 들어가면 안 돼요?"

"오늘은 참아줘요. 내일 예선 때문에 바쁠 거예요."

"아쉽다. 그치?"

니나 케베리히가 왜 이렇게 들떠 있나 싶었는데 이제야 그이유를 알 것 같았다.

그녀에게 이번 쇼팽 콩쿠르는 처음 참가하는 콩쿠르다.

자신의 실력을 처음으로 사람들에게 평가받을 수 있는 자리. 관중도 있으니 그녀가 주인공으로서 오르는 첫 무대에 얼마나 가슴 설렐지 알 수 있었다.

그녀가 너무나 반짝이는 눈으로 바르샤바 필하모닉 홀을 올려다보고 있었으니까.

"예선은 언제예요?"

"두 번째 날."

"준비는 많이 했죠?"

"그럼! 손가락이 부러지지 않을 정도로만 했지. 조금만 더 했으면 부러졌을지도 몰라."

조금의 과장도 들어 있지 않을 거라 생각한다.

♪

최지훈은 예선 첫날 참가자들의 연주를 듣기 위해 아침부터 서둘렀다.

"엄청 들떠 있네."

"세계에서 가장 권위 있는 콩쿠르니까!"

쇼팽 국제 피아노 콩쿠르.

피아노의 시인이라 불리는 폴란드의 천재 작곡가이자 피아니스트, 프레데리크 쇼팽의 곡만을 연주하여 경쟁하는 대회라고.

아는 게 많은 최지훈이 알려주었다.

4월 13일부터 24일까지 이어지는 예선이 시작되었고 관중석에서 다른 참가자들의 연주를 들은 최지훈은 무척 진지해졌다.

특히 니나 케베리히의 예선 두 번째 날 연주를 듣고는 더 이상 예선을 보러 가지도 않은 채 자신을 좀 더 예리하게 만드는 데 집중했다.

니나의 연주가 녀석의 가슴에 불을 지핀 것이다.

나 또한 '얀 에키에르의 악보(The National Edition of the Works

of Fryderyk Chopin)'[2]를 보며 어떻게 연주할지에 대해 다시 한 번 검토할 정도였으니 다른 참가자들은 구태여 알아볼 필요가 없었는데.

요구하는 바가 많긴 하다.

'여섯 곡이라니.'

쇼팽 콩쿠르는 주최자인 쇼팽 협회가 곡이나 장르를 선정해 주고 그중에서 참가자가 선택하여 연주하는 방식으로 진행되었다.

예선에서는 선정된 두 곡의 연습곡을 비롯하여.

야상곡과 연습곡 중 택 1.

발라드, 뱃노래, 스케르초, 환상곡 중 택 1.

마지막으로 마주르카 중에서 한 곡을 더 골라 총 여섯 곡을 암기하여 연주해야 했다.

처음 쇼팽 콩쿠르의 예선 과제곡을 접했을 때는 홍승일을 떠올릴 수밖에 없었다.

최근 2년.

피아노 부에서 홍승일과 다투는 내내 쇼팽을 연주했었다.

때로는 내 곡이나 슈베르트, 슈만, 리스트를 다루기도 했지만 홍승일이 가장 사랑했던 작곡가는 쇼팽이었던 것 같다.

....

2) Jan Ekier(1913~2014): 폴란드 출신의 피아니스트, 작곡가, 음악학자, 독립운동가, 위대한 교육자. 쇼팽 국제 피아노 콩쿠르 명예 심사위원. 일평생 쇼팽 연구에 힘썼다.
쇼팽 협회에서는 콩쿠르 참가자에게 얀 에키에르의 악보를 사용하길 권장한다.

그와 함께 쇼팽을 탐구하는 일은 썩 즐거운 일이었고 치열했다.

해석이 다양할 수밖에 없는 악보를 어떻게 표현할지에 대해 매일 논쟁을 벌였고 결국에는 누가 옳은지 판가름할 수 없었다.

그를 가슴에 묻은 지금에야.

홍승일이 얼마나 귀중한 경험을 주었는지 느낄 수 있었다.

그 경험이 없었더라면 작곡과 입시 공부를 병행하는 지금, 이 콩쿠르를 따로 준비하는 데 어려움을 겪었을 것이다.

'괜찮으려나.'

곡이 길지는 않지만 여러 곡을 준비해야 했기에 배움이 더 딘 최지훈에게는 너무나 가혹한 일정이다.

'녀석만의 문제는 아니겠지만.'

예선부터 크리크와는 비교도 안 될 만큼 많은 것이 요구되었기에 다른 참가자들에게도 부담일 것이다.

그러나 과연 예선을 경험해 보니 20여 개 나라에서 모인 젊은 피아니스트들의 수준은 크리크 참가자들과는 차이가 있었다.

훌륭하다.

기껏해야 30~40명 정도를 뽑는 다른 콩쿠르와 달리 160명이나 선발하는 쇼팽 콩쿠르이다 보니 어쩔 수 없이 선발인원 사이에 실력 차이가 클 거라 생각했던 건 내 착각이었다.

다들 하나같이 원숙한 기량을 보여주었다.

"5년에 한 번 열리니까 그만큼 많이 뽑고, 사람들도 필사적으로 준비하거든."

히무라의 설명을 들으니 확실히 고개를 끄덕이게 된다.

나야 이 콩쿠르에 참가한 이유가 나나 케베리히, 최지훈과 함께하기 위해서지만 다른 사람들은 정말 많이 노력한 듯하다.

그리 생각할 수밖에 없는 예선이었다.

♪

"도련님 이만 주무셔야지요. 내일 제 컨디션으로 연주하려면 휴식도 필요합니다."

"네, 집사님. 조금만 더 하고 잘게요. 먼저 주무세요."

집사님께서 걱정스럽게 말씀하시곤 문을 닫으셨다. 아마 이렇게 말해도 내가 자기 전까지 기다리실 게 뻔해 죄송하지만 연습을 하지 않으면 버틸 수 없을 것 같다.

'지훈이가 쇼팽 콩쿠르에? 정말 나간대?'

'응. 좋은 경험이 되겠지.'

'배도빈이라면 모를까. 예선이나 통과할 수 있을까?'

'연습은 열심히 하고 또 정말 잘하긴 하지만 아무래도 힘들지. 그래도 다음을 위해 예선만이라도 참가해 보는 것도 좋을 거야.'

음악의 전당 아카데미 선생님들은 쇼팽 콩쿠르만큼은 힘들 거라 말했다.

선생님들뿐만 아니라 모든 사람이 비슷한 말을 했다.

예선을 통과하기 힘들 거라고.

신문에서도 방송에서도 도빈이의 우승을 기대하면서 나에 대해서는 말하지 않았다.

나도 그렇게 생각하니까.

상처받지는 않았다.

쇼팽 콩쿠르에 참가한 사람들은 대부분 이미 대단한 국제 콩쿠르에서 1, 2등을 했고 나이 차이도 많이 난다.

아무리 열심히 해도 나보다 10년 이상 노력한 천재들을 이길 수 있을 리가 없다.

하지만.

단 두 사람만은 달랐다.

'본선에는 발라드 G단조가 나올 거야. 홍승일 선생님이 말해줬어.'

도빈이랑.

'다녀와라. 본선이 10월부터라고 하니 영화 촬영하는 와중에도 쉴 시간은 없을 거다.'

아버지.

두 사람만은 내가 예선에서 떨어지는 것을 조금도 생각하지 않았다.

할 수 있어.

나조차 예선에서 떨어질 거라 생각하는데 내가 가장 사랑하는 두 사람이 날 믿어주니까 부담스럽기는 해도 해낼 수밖에 없다.

더 이상 어린애가 아니니까.

하늘에 계신 엄마도 응원하실 테니까.

피아노가 좋으니까.

예선 5일 차.

바르샤바 필하모닉 홀에 21세기 클래식 음악계를 뒤흔든 최고의 음악가가 들어섰다.

'드디어 꼬맹이 차례인가.'

'과연 어떤 쇼팽을 들려줄지.'

'작년 서울 뒤 처음인가? 오늘은 또 얼마나 놀라게 해줄지 기대되네, 도빈 군.'

이미 여러 번 그의 연주가 세계를 울렸기에 심사위원단은 배도빈이 무대 위에 오르자 반가울 수밖에 없었다.

그의 피아노를 들은 사람들은 극상의 연주를 접하며 느낀 황홀감을 잊을 수 없었다.

악마인가 신인가.

배도빈을 표현하는 말 중 이보다 더 잘 어울리는 문장이 있을까.

객관적이고 공정한 평가를 내려야 하는 심사위원단이었지만, 그것을 너무도 잘 이해하고 있었지만 그들은 배도빈의 연주를 기대할 수밖에 없었다.

제17회 쇼팽 국제 피아노 콩쿠르
심사위원 명단

디미트리 알렉스(DA)

마르가타 아르헤리치(MA)

미카엘 블레하츠(MB)

카쿠라자카 아키호(KA)

가우왕(G)

필립 엔트(PA)

너드 닐슨(NN)

아담게리 비셰츠(AV)

금윤디(K)

그 외.

총 17인의 심사위원은 모두 세계적인 피아니스트로 활동하는 사람이었다.

그 깊이에 있어서만큼은 더할 나위 없이 훌륭한 심사위원진들조차 배도빈이 공연을 한다면 반드시 찾아 들을 정도였다.

음악가 사이의 음악가.

과연 오늘은 어떤 연주를 들려줄지 심사위원은 배도빈이 건반 위에 손을 얹자 귀와 마음을 열었다.

과연.

배도빈의 쇼팽은 정갈했다.

♫ ♩ ♪ ♩

♫ ♫ ♪ ♩

쇼팽의 피아노는 비슷한 시기에 활동했던 또 다른 천재 프란츠 리스트와 또 달랐다.

프란츠 리스트가 웅장하거나 화려하면서도 가득 찬 음표로 귀를 즐겁게 한다면.

쇼팽의 피아노는 공백이 많다.

생각할 여지가 많으며 해석할 방향이 다양하다.

리스트의 음악이 매우 고난이도의 기교를 요구한다지만 비교적 명확한 반면, 쇼팽의 곡이 연주하기 어려운 이유가 바로 거기에 있다.

해석과 표현.

쇼팽이 남긴 유산은 단순히 악보를 따라 연주하는 것만으로는 그 진가를 알아볼 수 없었다.

'이렇게나 깊이 있는 해석이 있을 수 있는가.'

'괴물이라니까.'

심사위원들은 배도빈의 연주에 푹 빠져 버렸다.

특히 마지막.

마주르카 A단조의 구슬픈 멜로디를 표현하는 데 있어 배도빈은 박자를 최대한 길게 이어갔다.

애절한 음색이 자아내는 아름다움.

모든 심사위원이 배도빈의 이름에 1-25 스케일(최하 1점 최고 25점)에 맞춰 25점과 다음 라운드에 진출할 자격이 있다는 뜻으로 'YES'를 적어 넣었다.

"역시 배도빈인가."

"D플랫 장조 왈츠도 잘하잖아. 원래 연주하던 곡이랑 분위기가 완전 다르던데."

"저 정도 되면 장르나 분위기는 안 탄다는 거겠지."

"콩쿠르라 준비했겠지만 얼마나 많은 곡을 칠 수 있는지 진짜 신기하다니까. 저 어린 나이에."

"달리 천재겠어?"

대기실에서 배도빈의 연주를 들은 참가자들은 고개를 저었다.

각자. 최선을 다해, 우승하기 위해 참가했지만 배도빈의 피아노만큼은 인정하지 않을 수 없었다.

'역시 도빈이야.'

마지막 차례를 기다리고 있던 최지훈도 마찬가지였다.

함께하고 싶지만 배도빈은 저 멀리, 어디쯤 걸어가고 있는지 볼 수 없을 정도로 멀리 있었다.

우승은 배도빈.

대부분, 아니, 모든 사람이 그것을 의심하지 않을 것이다.

최지훈은 그런 친구가 자랑스러웠고 동시에 자신의 위치도 너무나 잘 알았다.

크리크 콩쿠르까지는 어떻게든 함께했지만.

더 이상 따라갈 수는 없다고.

그러나 그것이 걸음을 멈춰야 할 이유는 못 되었다.

피아노를 그만둘 이유는 더더욱 아니었다.

모두가 예선에서 떨어질 거라 말하고 좋은 경험을 쌓으라고 할 뿐이었지만 최지훈은 그러기 위해 쇼팽 콩쿠르에 나온 것이 아니었다.

매일 지친 아버지를 웃게 해드리고 싶어서.

고독하게 나아갈 친구를 위로하기 위해서.

하늘에 계실 어머니를 위해서.

피아노를 연주해 듣는 사람에게 힘을 주고 싶다는 착한 마음.

이 대회에 참가한 순간만큼은 그 순수한 마음도 이유가 되지 않았다.

나아가기 위해.

온전히 더 나은 자신을 만들기 위해 참가한 것이다.

♪

최지훈이 무대 위에 올랐다.

눈을 감고 선율을 떠올린 뒤 부푼 가슴을 다잡아 건반 위에 올렸다.

그 모습이 사뭇 비장했다.

'흐음.'

반면 심사위원들은 5일 차 마지막 주자에 대해 그리 큰 감흥이 없었다.

쇼팽 국제 피아노 콩쿠르 예선에 참가한 것만으로도 기본은 한다는 뜻이지만.

배도빈을 제외하고 크리크 콩쿠르 전형을 거친 이들은 앞서 그리 큰 감흥을 남기지 못했다.

크리크 콩쿠르 2위 자격으로 참가한 엘리자베타 툭타미셰바와 3위였던 자코 반 스토펠은 총점 425점 중 각각 210, 208점을 받으며 예선 탈락이 거의 확정된 상황.

그 두 사람보다 어리고 크리크에서 성적도 낮았던 최지훈에게 기대하는 것이 도리어 이상한 상황이었다.

더욱이 1차 예선 지정곡인 쇼팽 연습곡 A플랫 장조는 결코 만만한 곡이 아니었다.

어린 연주자가 표현하기에는 기술적으로도 체력적으로도 그리고 음악적 깊이에서도 무리가 따랐다.

그런 상황에서.

최지훈이 연주를 시작했다.

♬♬♬♪

♬♪♬♬

쉽게 드러나는 멜로디만 생각하면 단순하게 느껴질 수 있지만 오른손과 왼손이 각기 달리 놀기 때문에 그에 따라 연주를 입체적으로 표현하기 상당히 힘이 들며.

무엇보다 강약조절이 안 되면 음이 뭉개질 수밖에 없는 곡.

최지훈은 놀랍도록 정석에 가깝게 연주를 이어나갔다.

'이건 제법……'

'연습을 많이 한 느낌이네.'

크게 관심을 갖지 않았던 심사위원들도 최지훈의 교과서적인 연주에 관심을 가졌다.

벌써 수십 차례 들은 지정곡이었지만 최지훈의 연주는 충분히 합격선에 이를 만했다.

그러나 그 누구도 최지훈이 끝까지 훌륭한 연주를 해내리라 생각하진 않았다.

첫 곡부터 지구력을 요하는 곡인데, 아직 다섯 곡이나 남은 상황.

저 어린 피아니스트는 수십 분간 연주를 이어가야 하는 체력적 문제에 봉착할 수밖에 없었다.

이는 21세기 최고의 천재라고 칭송받는 배도빈마저 아직 완벽하게 해결하지 못한 문제였다.

때문에 배도빈은 연주회에서 한 곡을 연주한 뒤 쉬는 시간을 자주 가졌고 이번 예선에서도 어느 정도의 패널티를 안고 곡 사이마다 잠시 쉬면서 체력을 안배했다.

그럼에도 어린 몸에는 무척이나 부담스러울 수밖에 없는데 최지훈이라고 다를까.

'5년 뒤에는 크게 되겠어.'

'아쉽지만 이 정도라면 미래가 기대되네.'

첫 곡을 들은 심사위원들의 솔직한 감상이었다.

그들의 예상대로.

다섯 번째 연주까지 마친 최지훈은 땀을 비처럼 쏟아냈다.

여섯 번째 연주를 앞두고 손수건을 꺼냈지만 이미 축축해진 그것은 최지훈에게 큰 도움이 안 되었다.

'필사적이군.'

심사위원석의 미카엘 블레하츠가 유심히 최지훈을 지켜보았다.

지쳐 포기할 만도 한데, 만 10살의 아이는 여전히 자신만의 쇼팽을 성실히 연주해 왔다.

무엇이 저 아이를 지탱하는지 알 수 없었지만 미카엘 블레하츠와 심사위원들은 최지훈의 의지가 굳세다는 것만큼은 느낄 수 있었다.

그리고 마주르카.

'템포를 조절하는 방식이 부드럽군. 과연 명석해.'

이미 체력적 한계를 맞이했음에도.

무너지지 않는 연주.

심사위원들은 최지훈이 이미 몇 년간 하루에 10시간 이상 피아노 앞에 앉아 있었을 거라고는 상상하지 못했다.

비록 쇼팽 국제 피아노 콩쿠르라는 권위와 심사위원으로서 앉아 있는 거장들 그리고 관객까지.

그러한 요소가 부담으로 작용되고 또 곡 자체가 체력을 요한다고는 하지만 좀 더 잘하고 싶어서.

단지 그뿐으로 단 하루도 쉬지 않고 피아노를 쳤던 최지훈은 마지막 곡에 이르러서도 무너지지 않았다.

자신의 연주를 아름답게 이어나갔다.

'대한민국에 또 다른 천재가 있었구만.'

디미트리 알렉스가 최지훈의 이름 옆에 20점을 주곤 'YES'
라 적었다.

♪

4월 25일.

예선이 끝나고 쇼팽 협회 홈페이지에 본선 진출자 명단과
심사표가 공개되었다.

Mr. Do-bean Bae

DA: 25 YES / MA: 25 YES

MB: 25 YES / KA: 25 YES

모든 심사위원에게서 최고점 25점을 받은 배도빈은 당당히
그 찬란한 이름을 다시 한번 확인했으며.

Ms. Nina Keverich

DA: 24 YES / MA: 23 YES

MB: 24 YES / KA: 22 YES

니나 케베리히는 심사위원들 사이에서 그 정체에 대해 화제
가 될 만큼 많은 관심을 받았다.

그리고.

Mr. Ji-hoon Choi

DA: 20 YES / MA: 17 YES

MB: 15 YES / KA: 17 YES

총점 298점을 받은 최지훈 역시 예선을 통과해 10월에 있을
본선에 진출할 자격을 얻었다.

헤어지기 전 예선 결과를 기다리며 호텔 방에서 작게 파티
를 하고 있는데 니나 케베리히가 소리를 질렀다.

"와! 합격이야, 합격!"

당연한 이야기지만 꽤 기쁜 듯 박선영을 얼싸안고 방방 뛰
어댄다.

히무라가 방금 니나가 앉아 있었던 컴퓨터 앞으로 가더니
고개를 돌렸다.

"축하해. 역시 통과했네."

"당연하죠."

겨우 예선이라 큰 감흥이 없다만 히무라가 부모님과 할아버지에게 연락을 드리라고 하도 보채는 바람에 어쩔 수 없이 안부 인사를 드릴 겸 핸드폰을 꺼냈다.

"여보세요?"

-아들~

며칠 만에 들은 어머니의 목소리는 정말로 쾌활하셨다. 유럽에서의 생활이 어머니를 즐겁게 해주는 듯해서 기쁘다.

-잘 지냈어? 양치 잘하고 있니? 또 카레만 먹는 거 아니고?

"네. 골고루 잘 먹고 있어요. 양치도 잘하고 있고요."

그렇게 사소한 대화를 나누곤 본론을 꺼냈다.

"네. 아, 그리고 쇼팽 콩쿠르 예선 통과했어요."

-애는! 엄마가 얼마나 궁금했는데 그걸 이제 말하니. 전화했는데도 이야기를 안 해서 혹시 떨어졌나 싶었잖아.

'별일 아니니까요'라고 말하려다가 순간 눈에 최지훈이 들어왔다.

아직도 차마 모니터도 제대로 못 보고 있는 녀석은 행여나 주변 사람들이 말할까 봐 소파에 앉은 채 귀를 꽉 막고 있다.

"그러게요. 다음에 또 전화할게요."

-그래~ 우리 아들 파이팅!

"파이팅."

전화를 끊고 최지훈에게 다가갔다.

눈을 꽉 감고 귀를 막고 있어 톡톡 건드리자 녀석이 슬그머니 눈을 떴다.

"왜?"

"결과 확인 안 해?"

"뭐라고?"

녀석이 귀를 막은 손을 내렸다.

"결과 확인 안 하냐고."

"무섭잖아……."

"잘했잖아. 너도 최선을 다했다고 했고."

"그치만."

"그치만은 무슨 그치만이야. 빨리 확인해 봐."

최지훈이 앓는 소리를 내며 소파에서 일어났을 때 니나 케베리히가 소리쳤다.

"오! 도빈이 친구도 통과했네!"

"정말요?"

"정말!"

깜짝 놀란 최지훈이 후다닥 달려가 명단을 확인하였고.

아무 말 없이 모니터를 응시하기를 얼마 뒤.

무슨 일인가 싶어 옆으로 가 모니터를 보자 채점표가 눈에 들어왔다.

높은 점수는 없지만 중간 이상의 점수로 고른 평가를 받은 걸 보니 최지훈의 솔직하고 정직한 연주를 다들 알아들은 듯했다.

"뭐야. 확인했잖아."

"끄윽."

최지훈이 코를 한껏 들이마셨다.

"히익. 끄우욱. 힉."

"……울어도 돼."

"끄어어엉!"

전에 한 번 운다고 뭐라 했더니 꾹꾹 참는 거 같아 등을 쓸어내리며 말했더니 쏟아내듯 울어버렸다.

어찌나 서럽게 우는지 녀석이 얼마나 노력가인지 모르는 다른 사람들마저 녀석을 대견하게 보고 있다.

니나 케베리히가 그런 녀석을 꼭 안아주었고 녀석은 그녀의 품에서 그간 참아냈던 부담과 자신이 인정받았다는 사실에 대한 기쁨을 토해냈다.

다음 날.

니나 케베리히와 인사를 나누었다.

"10월에 봐! 그땐 지지 않을 거야."

"기대할게요."

예선에서 들려준 그녀의 연주는 너무나 훌륭했지만.

아직 어떻게 자신을 드러내야 효과적인지 찾아가는 과정으로 보였다.

그녀의 온전한 모습을 진심으로 기대했다.

"사장님도 바이바이! 선영, 가자!"

"나만 왜……."

니나를 데려다줘야 하는 박선영은 전용기를 타고 돌아가는 나와 히무라를 너무나 안타깝게 쳐다보았지만 일은 일이다.

그렇게 비행기를 오르자 옆에 앉은 최지훈이 웃었다. 어제부터 계속 저렇게 웃고만 있다.

"히히힛."

"……."

"힛."

"그렇게 좋냐."

"응!"

매일 연기 연습과 피아노를 병행했을 테니 그 피로가 말이 아닐 텐데, 어제 연주를 들으니 피아노에 소홀해질 수도 있다는 걱정은 하지 않아도 될 것 같았다.

도리어 이젠 양쪽 모두를 하려는 녀석의 욕심에 몸이 상하지는 않을까 싶다.

그래도.

그럴 수밖에 없을 정도로 피아노를 사랑하는 걸 알기에 말릴 생각은 없다.

"끄응! 그나저나 예선만 통과하면 어떻게 되지 않을까 생각했는데. 본선이 반년도 안 남았어. 어쩌지."

본선을 생각하니 조금 답답했는지 최지훈이 한숨을 내쉬었다.

10월 9일이 본선이기에 다섯 달하고도 일주일 정도가 남았다.

"최선을 다해서 최고의 연주를 하면 돼. 그뿐이야."

"응! 그럴 거야!"

1차 본선에서만 세 곡을 준비해야 했기에 최지훈은 잔뜩 각오를 다졌다.

[배도빈 만점으로 예선 통과!]

[예견된 우승자 배도빈, "우승이요? 제가 아니면 누가 하는데요?"]

[쇼팽 콩쿠르 역사상 최고 득점! 본선에서도 이어갈 것인가!]

[최지훈 예선 통과! 스스로 어려울 거라는 평을 뒤집다!]

[최지훈, "본선에서는 더 열심히 할 거예요."]

[최지훈 배우와 피아니스트 어떤 길을 걸을 것인가]

[인터넷 여론, "어린아이들이 너무나 무리한 일정을 소화하고 있다."]

[배도빈, 7월 뉴욕 연주회 성황리에 마쳐. 8월은 도쿄]

[배도빈, 8월 도쿄 연주회에 역대 최고 인파가 쏠려]

[속보. 최지훈, 영화 촬영 중 실신]

♪

2008년 가을.

"나비야~ 나비야~ 이리 날아오너라."

"노랑나비 흰나비~"

"우리 아들 노래 어쩜 이렇게 잘 부를까?"

"엄마 닮아서요!"

"아하하. 그러게?"

"히히힛."

이지우는 아들과 함께할 수 있는 것만으로 행복했다.

선천적으로 건강이 안 좋았던 그녀에게 최우철이란 남자가 다가온 것은 행복이자 걱정이었다.

"사랑합니다."

남편은 자신이 아프다는 것을 알고도 열렬히 구애했다. 이지우는 자신도 모르게 조금씩 마음을 열었고 결국 두 사람은 결혼했다.

그렇게 꿈같은 2년이 흐르고.

이지우는 아이를 가지고 싶었다.

그러나 그녀에게는 그조차 허락되지 않았다. 너무나 약한 그녀에게 출산은 목숨을 건 행위였고 최우철도 아이를 가지는데 반대했다.

사랑하는 아내를 위험에 내몰 수는 없었다.

"입양합시다. 사랑으로 다독이면 그게 우리 아이예요."

이지우는 망설였다.

그러다 결국 최우철의 설득으로 인해 임신을 포기하고 입양을 하기 위해 돌아다니던 중, 어느 한 영아원에서 돌조차 되기 전의 한 아이와 눈을 마주쳤다.

그 맑은 눈.

집으로 돌아온 그녀는 매일 그 아이가 눈앞에 아른거렸고 결국 영아원을 다시 찾았다.

그로 인해 얻은 아들 최지훈.

세상 그 무엇보다 소중한 존재였다.

아이는 너무나 바르게 커주었다.

어찌나 웃음이 많은지 우는 법이 없었다.

"꺄르르. 까꿍!"

"꺄아! 꺄! 꺄!"

더없이 행복한 날이었다.

시간이 흘러 최지훈이 조금씩 자람에 따라 이지우는 조금씩 외출할 수 있는 시간이 줄어들었다.

그러나 그것이 모자의 행복을 막을 순 없었다.

엄마가 피아노를 치면 아들은 그 옆에서 노래를 불렀다.

퇴근한 아빠는 아내와 아들의 모습을 매일 눈에 담았다. 웃었다.

그렇게 가족은 행복했다.

"저도 피아노 쳐볼래요."

"그럴래?"

최지훈은 곧잘 이지우의 피아노를 따라 했다.

"아빠 왔다~"

"아빠!"

"어이쿠. 엄마랑 잘 지냈어?"

"네! 오늘 나비야 배웠어요!"

"지훈이가 피아노에 재능이 있나 봐. 너무 잘하더라."

"그래?"

최지훈이 피아노 앞에 앉아 고사리 같은 손으로 어설프게 나비야를 쳤다. 말 그대로 너무나 어설펐으나 부부에게는 너무나 큰 감동이었다.

"이야! 우리 아들 천재네, 천재!"

최우철이 크게 웃으며 최지훈을 들어 안았고 최지훈은 아버지의 품에 안겨 어머니와 마주 보고 웃었다.

"자, 그럼 오늘도 같이 잘까?"

"당신은. 지훈이도 이제 혼자 자야 한다니까?"

"뭐 어때. 지훈아, 아빠랑 엄마랑 같이 자는 게 좋지?"

"네!"

세 사람은 매일 함께 잠을 이뤘다.

이지우가 좋아하는 영화를 보며 매일 밤 행복하게.

이별의 시간이.

너무도 빨리 찾아올 것을 모른 채.

"나비야~ 나비야~"

"……"

착한 아들은 누워 있는 이지우 곁에서 항상 노래를 부르며 피아노를 쳤다. 그 낭랑한 목소리와 청명한 피아노 소리를 듣는 것이 이지우가 느낄 수 있는 가장 큰 행복이었다.

"지훈아."

"네."

이지우가 나지막이 아들을 불렀다.

피아노를 치던 최지훈은 엄마의 부름에 의자에서 내려와 침대 옆에 찰싹 달라붙었다.

"지훈이는 엄마랑 아빠 사랑해?"

"네! 이~ 만큼요!"

"엄마도 아빠도 지훈이를 너무나 사랑해."

최지훈이 너무도 행복하게 웃었다.

"사람을 사랑하는 건 정말 멋진 일이야. 아빠는 엄마가 아픈 것도 고집이 센 것도 다 사랑해 줬어. 지훈이처럼."

최지훈이 고개를 끄덕였다.

이 어린 내 아들이 말뜻을 이해할 수 있을까.

이지우는 분명 이해할 거라 믿으며 말을 이어나갔다.

"엄마는 지훈이의 목소리도 좋고 예쁜 눈도 좋아. 작은 손도 좋고 피아노 치는 것도 좋고 엄마를 꼭 안아주는 것도 좋아."

"저도 엄마가 너무 좋아요."

"지훈이가 이불에 쉬 해서 얼굴 빨개진 것도 좋고 만화 보는 것도 좋아."

최지훈이 부끄러운지 이지우가 덮고 있는 이불에 얼굴을 묻었다.

"사랑하는 건 그런 거란다. 지훈이도 엄마가 매일 누워 있다고 싫지 않지?"

"으으응."

최지훈이 고개를 들어 강하게 부정했다.

엄마가 싫다니.

그런 건 생각도 해본 적 없다.

"아빠는 되게 못된 사람이야. 나쁜 짓도 많이 했어."

"……"

처음 듣는 이야기.

세상에서 가장 사랑하는 사람이 나쁜 사람이란 말을 마찬가지로 세상에서 가장 사랑하는 사람이 한다.

"그래도 결국엔 자기 나쁜 점을 깨닫는단다. 그러기까지 오래 걸릴 뿐이야."

최지훈은 이지우와 눈을 마주하고 그녀의 이야기를 들을 뿐이었다.

"아빠를 미워하는 사람이 많을 거야. 아빠는 그런 사람들에게 용서받기 위해 어쩌면 평생 사죄해야 할지도 몰라. 엄마가 그러라고 했거든."

"……."

"하지만 엄마랑 지훈이만은 그런 아빠를 사랑해 주자."

최지훈이 고개를 끄덕였다.

"엄마가 떠나도. 아빠 많이 사랑해 줘야 해?"

"……뭐라고요?"

-도련님께서…….

울먹이는 집사의 전화를 받은 순간 최우철은 제정신이 아니었다.

앞뒤 가리지 않고 아들이 있는 이탈리아로 향한 최우철은 병실에 누워 있는 최지훈을 본 순간 무너졌다.

"사장님!"

"……."

집사의 부축을 받아.

힘겹게 아들 곁으로 향한 최우철은 곤히 잠든 아들을 보곤 기어이 눈물을 쏟아내고 말았다.

"……아버지?"

"지, 지훈아!"

정신을 차린 최지훈은 몹시 초췌해 보였다.

그런 아들이 자신을 부르자 최우철은 아들의 손을 꽉 쥐었다.

"내일은 꼭 일어날게요. 걱정 마세요. ……실망시켜 드려서 죄송해요."

최지훈이 일어나자마자 꺼낸 말에 최우철은 말을 잃었다.

그가 무엇인가에 홀린 듯 아들을 보고 있자 집사가 그 사이에 끼어들어 최지훈을 다시 재웠다.

최우철은 그것을 바라보고 있을 수밖에 없었다.

이런 것이 아니었다.

이런 걸 바랐던 게 아니었다.

지쳐 쓰러진 아이가 일어나자마자 내일은 꼭 일어나겠다는 말을 할 정도로 내몰려 있었다고 생각하니.

자신이 겪었던 환경을 그대로, 저 어린 아들이 겪고 있었다고 생각하니 퍼뜩 그간 자신이 했던 말과 행동이 뇌리에 스쳤다.

"사장님, 일단 도련님께서 안정을 취하도록 자리를 비워주지요."

"……네."

집사에게 이끌려 병실 밖으로 나온 최우철은 충격으로 인해 멈췄던 눈물을 다시금 쏟아냈다.

"여태 버틴 게 기적이었습니다."

집사는 최우철 곁에 앉아 담담한 어조로 말하기 시작했다.

"촬영 시간이 6시간, 피아노를 연습하는 데 8시간. 연기 지도를 받는 데 2시간. 학교 공부를 하는 데 또 2시간. 어른이라도 쓰러질 일정이었습니다."

"……"

"그런 와중에도 도련님은 웃었습니다. 몇 주씩 연습해 한 곡을 연주할 수 있게 되면 사장님과 사모님께서 좋아하실까요? 하곤 물었지요."

집사의 목소리는 조금씩 떨리기 시작했다.

"이번 영화가 개봉되면 사장님께서 봐주실까 물었습니다. 그 어린……."

잠시 목이 메어 말을 멈춘 집사는 결국 눈물을 보이고 말았다.

"그 어린 아이가 벼랑 끝에 몰려 있으면서도 웃으며 말했습니다. 대체. 대체 왜 그러셨습니까."

"……"

최우철은 아무 말도 할 수 없었다.

뼈저리게 가난했던 그에게는 모든 것이 넘어야 할, 밟고 올라서야 할 대상이었다.

능력이 부족하다면 자는 시간을 줄여서라도, 때로는 상대를 끌어내서라도 올라서야 했다.

그런 본인을.

막아서 준 사람은 이지우였다.

그녀에게 부끄러운 사람이 되지 않기 위해, 이지우를 사랑할수록 최우철은 비로소 성공보다 큰 가치가 있다는 걸 깨달았다.

그랬던 그가.

어느새 다시 되돌아간 것이었다.

그것도 가장 최악의 형태로 말이다.

입이 있어도 무엇을 말할 수 없었다.

세상에서 가장 사랑하는 아들.

본인이 그렇게 진절머리를 냈던 그 상황에 아들을 밀어 넣었단 생각이 뒤늦게 들었다.

"부끄러운 줄 아십시오. 사모님이 보고 계시다면 당신을 용서하지 않을 겁니다."

집사가 일어섰다.

"저는 더 이상 사장님의 지시에 따를 수 없습니다. 도련님이 회복하면 그만두겠습니다."

"……"

집사가 다시 병실로 들어갔고.

최우철은 차마.

아들이 있는 병실로 들어갈 수 없었다.

미안함과 죄책감으로 병실 앞으로 다가갈 수 없었다.

얼마나 지났을까.

집사가 병실 문을 열고 나왔다.

그는 여전히 병원 복도에 앉아 있는 최우철을 보고 작게 숨을 내쉬었다.

"깨어나셨습니다. 들어가 보시죠."

집사가 필요한 물건을 사러 떠났고 최우철은 한참을 망설인 끝에 문을 열었다.

너무나 작은 아이가 침대에 앉아 창밖을 보고 있었다.

인기척을 느낀 최지훈이 고개를 돌렸고 최우철을 보자 활짝 웃었다.

"아버지."

"⋯⋯."

최우철은 말없이 침대 옆으로 다가가 보조 의자에 앉았다.

"아버지가 오신 것 같았는데 정말이었어요. 히히힛."

"몸은 좀 어떠냐."

"괜찮아요. 푹 잤더니 이제 멀쩡해졌어요."

헬쓱한 얼굴로 밝은 표정을 짓는 아들을 보곤 최우철은 또

다시 자신의 실수를 느꼈다.

아들이 이 지경이 되어서야.

이제야 무슨 짓을 했는지 깨달은 본인의 어리석음을 용서할 수 없었다.

"저보단 아버지가 더 안 좋아 보여요. 또 잠 못 주무신 거죠? 여기 좀 누우세요."

최지훈이 침대 끝으로 가 자리를 만들었다.

"괜찮다. 그대로 있어."

"……."

최지훈은 어찌나 말랐는지 광대가 도드라지고 볼을 쑥 들어간 최우철을 보며 안타깝게 고개를 떨어뜨렸다.

"아, 촬영이 거의 끝났어요. 이제 예전처럼 집에서 같이……."

그러다 다시 고개를 들어 행복했던 예전을 그리워하며 아빠와 함께 자기 전 영화를 보고 싶었던 이야기를 꺼내려 하다 망설였다.

또 어리광을 부린다고 혼날까 봐 무서웠다.

최우철이 물었다.

"아빠가…… 밉지 않느냐."

최지훈은 답하지 않았다.

"괜찮다."

최우철이 최지훈을 보았다.

세상에서 가장 사랑하는 사람에게서 미움받는다 해도 자신의 어리석음을 탓할 뿐.

어쩔 수 없다고 생각했다.

최지훈은 말없이 최우철을 보다가 마침내 작은 입을 열었다.

"매일 술 드시는 거 싫어요……."

"……."

"매일 무리해서 일하시는 것도 싫고 회사 아저씨들에게 소리치는 것도 싫어요. 도빈이를 나쁘게 말하는 것도 싫어요. 저랑…… 비교하는 것도 싫어요."

"……그래."

맞는 말이다.

아내가 떠난 뒤에도.

단 한 순간도 그녀를 잊은 적이 없었다. 뭐라도 해야 버틸 수 있을 것 같았다.

세상에서 가장 잘난 아들을 만들어주고 싶었다. 그런 아들에게 배도빈은 방해물일 뿐이었다.

그러나.

그러나 아들이 바란 것은 그런 게 아니었다.

아들은 마치 아내처럼.

최우철을 부끄럽게 했다.

꾸중이나 대립하는 게 아니라 너무나 밝고 올곧은 태도로 최우철이 잘못되었다고 말해주었다.

아들이 이기적인 자신과 달리 아내를 닮아 참으로 다행이
라 생각했다.

그리고 자신은 아버지로서의 자격이 없다고 판단했다.

그때.

"그래도 사랑해요."

최우철이 고개를 들었다.

"전 세상에서 아버지가 제일 좋아요."

울먹이는 아들을.

최우철이 떨리는 팔로 끌어안았다.

더럽게 재미없었다.

필요한 공부라 하고는 있지만 영 알 수 없는 이야기만 나와
머리가 깨질 것 같았다.

그나마 음악 공부는 좀 재밌을까 싶었더니 중학교 교과서에
나오는 음악 이야기는 조금도 재미없는 이야기뿐이었다.

'이런 걸 공부한다고?'

요즘 아이들이 참으로 불쌍하다.

"그럼 잠시 쉬었다 하겠습니다."

억지로 집중한 끝에 네 번째 강의가 끝났다.

"피곤하신 것 같네요."

"연주회 준비도 했고 곡도 구상하고 있으니까요."

8월 도쿄 리사이틀 이후.

연주회 일정을 모두 마친 채 현재는 학교와 집을 반복해 다닐 뿐이지만 그간 쌓인 피로는 쉽게 풀리지 않았다.

채은이와 피아노를 치는 게 유일한 정신적 휴식이었는데 그조차 몸의 피로를 풀 수 있는 일은 아니었으니 더욱 그러했다.

가정교사가 한숨을 내쉬곤 말했다.

"아무래도 회장님께 말씀드려 며칠간 쉬는 게 좋겠네요."

나도 그러고는 싶지만 19세기에도 가방끈이 짧았던 내가 현대 공부를 하자니 조급해지는 것도 사실이다.

"도련님은 아직 어려요."

"알고 있어요."

나야 그것을 너무나 절실히 깨닫고 있어 알아서 조절하고 있지만 그럼에도 주변에서 걱정하는 것은 어쩔 수 없는 모양.

예전 미국에서 한 번 쓰러진 적도 있으니 할아버지와 부모님 그리고 샛별 엔터테인먼트 사람들이 나를 걱정하는 것도 무리는 아니다.

할아버지께서 단단히 일러둔 가정교사 역시 마찬가지고.

솔직한 마음으로는 쉬고 싶어 그러자고 말했다.

"좋아요. 오늘 수업 뒤에 회장님께 말씀드릴게요. 남은 시간은 적당히 이야기나 하죠. 궁금한 거 없나요?"

궁금한 거라.

한국대를 졸업했다는 이 사람은 꽤 박식해 보였는데 딱히 물어볼 만한 일은 없었다.

"없어요."

"그럼…… 공부를 해야 하는 이유에 대해 말씀드릴게요. 꽤 재밌을 거예요."

나야 대학을 가기 위해서지만 뭔가 다른 이야기를 하고 싶은 듯해 가만히 가정교사의 말을 기다렸다.

"사회 시간에 미나마타병에 대해 배운 거 기억나세요?"

"네."

"수은이나 납의 유해성에 대해 몰랐던 과거 사람들의 무지, 또 그것을 알면서도 최소한의 도덕심조차 없었던 자본가들 때문에 생겨난 재난이었죠."

재밌는 이야기라더니 역시 거짓말쟁이다.

"도런님이 좋아하는 베토벤도 납중독으로 죽었다는 거 알고 있나요?"

"……네?"

"이제 좀 흥미가 생긴 것 같네요."

흥미고 뭐고 의아할 수밖에 없었다.

내가 납중독으로 죽었다니.

"비교적 최근 일인데 베토벤의 시신에서 머리카락을 채집, 분석한 결과 납중독으로 인한 사망이 가장 유력하다는 이야기가 있어요."

"전 납을 먹은 적 없는데."

"극소량이겠지만 도련님 몸에도 조금은 있을 거예요. 현대인들도 조금씩은 몸에 쌓일 수밖에 없으니까요. 지금은 베토벤 이야기를 하는 거니 집중하세요."

"……"

할 말 없다.

"베토벤은 와인을 즐겨 마셨다고 해요. 꽤 주당이었다고 하는데 당시 유럽에는 와인에 감미료를 쳐서 마셨어요."

맛이 참 좋았다.

요한의 백 가지를 부정해도 와인을 좋아한 것만큼은 이해할 수 있었으니까.

"그 감미료에 아세트산납. 즉 납이 들어 있었던 거죠."

그 말을 듣는 순간 누군가에게 뒤통수를 세게 맞은 듯했다.

"실은 당시 유럽 사람들은 대부분 납에 많이 노출되어 있었어요. 그런 와중에 납이 들어 있는 와인을 자주 마시는 버릇 때문에 더 심해진 거죠. 술을 많이 마셨던 베토벤은 황달을 겪었다고도 하는데 그건 간이 나빠져서 생기는 증상 중에 하나고요."

"……."

"배에 복수가 찼다고도 하는데 아마 간경화로 보는 사람도 많아요. 그 간경화 치료제에 또 납이 포함되어 있었고요."

"……."

"모두 무지 때문에 생긴 안타까운 일이죠. 수은 같은 경우도 피부 미용을 위해 사용되었다고 하는데 결국에는 스스로 몸에 독약을 바른 거예요."

"……."

"어때요. 공부를 하는 게 그리 무의미한 일인 것처럼 생각되진 않죠?"

"납에 중독되면…… 어떤 증상이 있는데요?"

"의사가 아니라 정확히는 몰라요. 같이 찾아볼까요?"

고개를 끄덕였다.

가정교사가 방에 있는 컴퓨터를 켜 인터넷에 납 중독의 증상에 대해 검색했다.

그것을 읽으면서 정말이지 아차 싶었다.

정말로.

정말로 내가 했던 그 무지한 행동이 나를 파멸로 이끌었다니.

멍청한 게 죄가 될 수 있다는 것을 이보다 절실히 느낄 수 있을까.

"지금은 이런 일 없겠죠?"

"아니요."

그 말에 다시 한번 놀랐다.

"납중독으로 죽는 경우는 이제 거의 없어도 납중독 자체가 사라진 건 아니에요. 지금도 어린아이들에게 그런 증상이 있거든요."

"······."

"게다가 개발도상국이나 전쟁 지역 같은 경우에는 여전히 문명의 혜택을 받지 못하고 있어요. 물론 우리나라에도 빈곤층이 있고요."

찬란한 미래에 다시 태어났다고 생각했건만.

정말로 운 좋게, 좋은 환경에서 태어난 것이었다.

"지금도 아프리카의 많은 아이들이 굶고 있어요. 흙탕물을 마시며 지내고 있죠. 전 도련님이 고등학교 검정고시에 합격하면 그쪽으로 가 구호활동을 할 거예요. 원조를 받아주거나 아이들을 가르치거나 해서 그들이 더 이상 희망조차 없이 살지 않도록. 그게 제 꿈이에요."

멋진 생각이다.

나 또한 다시는 나처럼 무지하여 스스로 파멸로 이끄는 일이 반복되지 않도록 누군가를 돕고 싶다.

그렇게 생각하며 컴퓨터를 끄려는데, 포털 사이트의 실시간 검색어에 최지훈의 이름이 올라왔다.

뭔가 싶어 클릭했더니 기사가 쏟아졌다.

[최지훈 실신! EI전자 최우철 사장의 잘못된 자식 사랑]

[최지훈의 일정은 아동학대나 다름없었다]

[천재가 떠안은 부담. 11살 아이가 쓰러질 때까지 일한 이유는?]

빌어먹을.

당장 할아버지께 부탁해 이탈리아로 향했다.

녀석이 입원한 병실 문 앞에 도착해서야 가쁜 숨을 몰아쉬었다.

환자가 있는 방에 다짜고짜 들어갈 순 없으니까.

♪♪♩ ♪♪♩ ♪♪♪♪ ♪♪♩

♪♪♪♪ ♪♪♩ ♪♪♪♪ ♪♪♩

'민요잖아.'

병실 안에서 멜로디언이 옛 독일 민요를 연주하는 소리가 났다.

한국에서는 나비를 주제로 가사를 붙였던 것 같은데.

조심스레 문을 열었다.

최지훈이 침대에 누워 멜로디언을 연주하고 있었고 중년 남자가 그것을 웃으며 보고 있다.

"어? 뭐야? 어떻게 왔어?"

"어떻게 오긴. 놀랐잖아."

중년 남자가 고개를 돌렸다.

"도빈이구나. 지훈이에게 많이 들었다."

"우리 아버지야."

병실에 들어오기 전만 해도 최지훈의 아버지를 본다면 면상에 주먹을 꽂아줄 생각이었는데, 부자가 함께 있는 모습을 보니 그런 마음도 깨끗이 사라졌다.

무슨 일이 있었는지는 몰라도 분명 그간의 앙금을 어느 정도 씻어낸 것이리라.

"안녕하세요."

다가가자 최지훈이 침대에 앉으라며 이불 위를 팡팡 두드렸다.

"나 걱정해서 온 거야?"

"그럼 안 하겠냐."

"히히힛."

"둘이 얘기 나누고 있거라. 잠시 나갔다 올 테니."

"네."

최우철이라는 양반이 나가고 최지훈이 여전히 헤실거리며 물었다.

"혼자 왔어?"

"그럴 리가. 할아버지네 직원분이랑 왔어."

"얼마나 있을 수 있는데?"

"몰라, 인마. 어떻게 된 거야?"

"잘 기억은 없는데 피곤해서 그렇대. 이제 멀쩡해. 아! 밀라노 극장 놀러 갈래? 내일 퇴원하니까!"

"그냥 쉬어. 그런데 갔다간 기자들 때문에 난리도 아닐걸."

"기자님들은 왜?"

핸드폰을 꺼내 보여주니 최지훈의 얼굴이 급격히 굳어졌다.

"우리 아버지 이런 사람 아니야."

"그럼 푹 쉬고 일어나서 말해."

잔뜩 화가 난 녀석을 보니 조금은 안심이 되었다.

"실은 촬영도 나 때문에 일주일이나 연기되었어. 영화를 찍을 땐 기간이 늘어날수록 돈이 너무 많이 든대. 죄송해서 어쩌지……."

"꼬맹이는 그런 걱정 하는 거 아니야."

"너도 꼬맹이잖아. 나보다 한 살 어리면서."

"……"

"히히힛. 그래도 와주니까 너무 좋다. 실은 아버지가 내일 한국으로 돌아가야 하셔서 퇴원해도 집에서만 있어야 했거든."

아들이 이 지경인데 돌아간다니.

참 대단한 사람이다.

"근데, 아버지 일 그만하실 건가 봐."

"어?"

"그동안 너무 힘들어하셨는데 너무 잘된 것 같아. 이제 술도 안 드신대!"

"······."

"이제 쭉 함께 있자고 하셨어. 나, 아버지 그런 모습 보는 거 너무 오랜만이라서 꿈만 같아. 그러니까 조금은 기다릴 수 있어."

역시나.

애늙은이 흉내를 내는 녀석이라 해도 부모의 역할이 너무나 소중할 때다.

자세한 정황은 알 수 없지만 최지훈에게는 잘된 일이다.

"그리고 실은 며칠 놀았더니 너무 편하고 좋은 거 있지."

"그래. 나도 온 김에 좀 쉬어야겠다. 차라리 여기서 10월까지 있다가 바르샤바로 바로 가는 게 어때?"

"그럴까?"

"뭐 나쁠 거 있나. 이탈리아는 쉬기 좋다고."

"와본 적 있어?"

"예전에 짧게."

그렇게.

밤새도록 묵은 이야기를 풀어냈다.

♪

[EI전자 최우철 사장 전격 사퇴! "보다 유능한 CEO가 EI전자와 함께할 것입니다."]

[최지훈, 최우철 사장의 자녀학대 논란을 일축. "저는 세상에서 아버지를 제일 사랑해요."]

[최지훈, 배도빈 10월까지 이탈리아에서 휴가]

[두 천재를 향한 엇갈린 시선, "여유부린다 vs 쉬어야 한다"]

♪

트로피아 비치 모래사장.

두 소년이 모래성을 쌓으며 대화 중이다.

"그나저나 너 이제 돈 아껴 써. 아까 음료수 반이나 남았는데 버렸잖아. 그러게 하나만 사서 나눠 먹자니까."

"어? 왜?"

"네 아버지 일 그만두셨잖아. 예전처럼 막 쓰면 안 될걸. 자고로 사람이 저축을 하고 있을 때 조심해야 하는 거야."

"아버지는 일 그만두셔도 내 손자까지 돈 걱정 안 해도 된다고 하셨는데?"

"……이래서 부자들이란."

"네 외할아버지가 훨씬 더 부자시잖아."

그 말을 듣고.

외할아버지를 조금 더 존경하게 되었다.

10월 8일.

1차 본선을 앞두고 바르샤바로 향했다.

본선과 결선까지는 꽤 오래 걸리고 함께하고 싶은 사람도 많은 탓에 할아버지께 부탁해 괜찮은 호텔 한 층을 모조리 빌렸다.

"어이구, 우리 아들!"

"안 돼요."

오랜만에 만난 아버지께서 자연스럽게 입을 맞추려 하시기에 서둘러 막았다.

"이젠 컸다고 아빠한테 뽀뽀도 안 해주는 거니?"

"전부터 싫었어요."

좌절한 아버지를 뒤로하고 어머니께서 두 손으로 내 얼굴을 쓰다듬으셨다.

"이탈리아에선 푹 쉬었어?"

"네. 재밌었어요."

정말 오랜만에 여유를 가지고 쉰 듯하다. 쌓여온 피로와 계속된 공부에 지쳐 있던 터라 정말 소중한 휴식이었다.

"안녕하세요!"

"우리 아들~ 몸은 좀 괜찮아?"

"네!"

최지훈도 잊지 않고 챙기신 어머니께선 아버지와 함께 히무라와 대화하기 위해 발을 옮기셨다.

본선에 초청한 사람이 꽤 많아서 파티장이 꽤 북적인다.

"도빈."

고개를 돌리니 소소가 불편해 보이는 드레스를 입은 채 그녀의 매니저와 함께 서 있었다.

"소소."

"도빈, 나쁜 학생. 얼후 아직 못 해. 빨리 배우자."

"콩쿠르 끝나면 부탁할게요. 한국에선 잘 지냈어요?"

"한국 좋아. 치즈 닭갈비 최고."

서로 합의는 했지만 불편하면 어쩌지 걱정했는데 다행히 한국에서 빈둥대며 잘 노는 것 같다.

"쇼팽 콩쿠르 끝나면 가우왕하고 재밌게 놀아요."

"왜?"

왜라니.

"오빠랑은 안 만나는 게 최고."

"……"

대화를 마치고 소소가 매니저와 함께 음식이 준비된 곳으로 향했다.

"무섭게 생긴 누나다. 누구야?"

옆에 있던 최지훈이 물었다.

"소소라고 내 얼후 선생님."

"얼후?"

"그런 게 있어."

"아, 니나 누나다. 나 인사하고 올게."

다들 편히 놀고 있는데 초대한 사람 중 보이지 않는 사람이 있다.

주변을 둘러보자 박선영이 먹성 좋게 뷔페 음식을 입 가득 넣고 있는 모습이 눈에 들어왔다. 핸드폰으로 음식을 찍고 있기도 한데 또 인터넷 방송을 하는 모양이다.

"누나, 마르코는 안 왔어요?"

박선영이 음식을 대충 넘긴 뒤 물었다.

"누구?"

"오스트리아의 마르코. 오보에 연주자요."

"뭔가 사정이 있나 봐. 못 온다고 하던데?"

"무슨 사정이요?"

"글쎄?"

큰일은 아닐 거라 생각하지만 마르코는 미래의 소중한 단원이다. 할아버지의 직원에게 부탁해 무슨 일이 있는지 알아봐야겠다.

"아, 도빈아, 가기 전에 시청자들한테 인사 한 번만 해줄래?"

"싫어요."

사카모토에게 가려는데 소소가 다가왔다.

"선영, 그거 맛있어?"

"아, 소소 씨. 드셔보세요. 진짜 맛있어요."

"맛있다."

"아, 이분이요? 중국의 얼후 연주자인 소소 씨예요. 예쁘죠?"

박선영의 개인 방송에 나와도 그리 신경 쓰지 않는 듯. 소소는 케이크를 먹을 뿐이다. 박선영이 이것저것 다른 음식을 가져다주는 걸 보니 시청자 반응이 좋은 것 같다.

"그새 친구를 많이 사귄 모양이로군."

"사카모토."

사카모토 료이치가 먼저 다가왔다.

한 손에 와인을 들고 있다.

"왜 그러는가?"

"와인 마시지 말아요."

"음?"

"일찍 죽어요. 사카모토는 오래 살아야 해요."

"하하하. 그런 걱정을 해줄 줄이야. 걱정 말게. 와인 한 잔

정도야 건강에 좋다는 말도 있으니."

뭔가 마음에 안 들어 그가 들고 있는 와인 잔을 노려보는데 사카모토가 질문을 했다.

"그나저나 콩쿠르에는 크게 관심이 없는 줄 알았는데. 어떻게 출전하게 되었나?"

"친구랑 약속했거든요."

"친구?"

최지훈을 바라보자 사카모토가 빙그레 웃었다.

"최지훈이라는 친구였지? 꽤 유망한 것 같더군."

"네. 크게 될 아이예요."

"흐음. 좋은 일이지. 신기한 일이야. 살면서 이렇게나 어린 유망주가 많은 적은 처음이거든. 실은 툭타미셰바라는 친구를 문하로 들이기로 했네."

크리크 피아노 부문에서 2등을 한 러시아 꼬맹이가 사카모토의 제자가 되었다고 한다.

내가 느끼지 못한 어떤 부분에 대해 발견한 모양이다.

"잘 되면 좋겠네요."

"음음. 참으로 멋진 세대야. 십 년 뒤가 기대되네. 아, 그러고 보니 나카무라의 딸도 음악을 시작했다고 들었는데 이야기 들었는가?"

"아니요."

그러고 보니 최근 나카무라와 소원했다.

정신없이 바쁘기도 했고 나카무라도 전 일본 클래식 음악 조합을 운영하기 위해 꽤 바빴을 테니까 말이다.

히무라가 혼잣말로 '이거 원 통화하는 것도 힘들어서야'라고 중얼거린 게 떠올랐다.

"일본 콩쿠르에서 상위 입상을 했다고 들었네. 나카무라 그 친구가 얼마나 기특해하던지."

"좋은 일이네요."

"암. 좋은 일이고말고. 재능 있는 음악가가 많아진다는 건 즐거운 일이지."

맞는 말이다.

실력 있는 연주자들이 많아진다는 것은 내 오케스트라에 들어올 후보가 많아진다는 뜻이니까.

어서 빨리 다들 무럭무럭 성장했으면 싶다.

"그건 그렇고. 쇼팽 콩쿠르 준비는 어떤가."

"재밌어요. 알수록 깊은 피아노더라고요. 멋진 음악가예요. 쇼팽."

"하하하. 그렇지. 자네다운 말이야."

"저답다고요?"

"보통은 열심히 했으니 우승할 거라든지 최선을 다한다고 말하지 않나."

"그렇죠?"

"그런데 쇼팽의 곡을 준비하면서 쇼팽에 대해 평하니 자네답다는 거지."

"우승이야 어차피 제가 하는 거니까요."

박선영, 소소와 함께 입 안 한가득 음식을 넣고 웃고 있는 니나 케베리히를 보며 답했다.

♪

다음 날.

쇼팽 국제 피아노 콩쿠르 1차 본선이 시작되었다.

쇼팽 협회가 예고했던 대로 본선 참가자 80명의 모든 연주가 뉴튜브를 통해 생중계되었다.

전 세계의 음악 팬들은 세계에서 가장 권위 있는 피아노 콩쿠르를 보기 위해, 또는 배도빈의 연주를 듣기 위해 해당 채널에 접속했다.

ㄴ도빈이 언제임?

ㄴ첫 번째임ㅋㅋㅋㅋ

ㄴ서버 개느러. 일해라 뉴튜브!

ㄴ이럴 거면 쇼팽 콩쿠르에서 직접 열어둔 곳에서 보는 게 나을 듯.

ㄴ거긴 더 심함 ㅋㅋㅋㅋ

ㄴ역사적인 무대가 될 것 같습니다. 배도빈의 피아노는 이미 여러 번 검증되었지만 공식적인 타이틀은 없어 아쉬웠죠. 이번 콩쿠르를 통해 그마저 확보할 것 같습니다.

ㄴ저 미국인 뭐라는 거냐? 누가 해석 좀.

ㄴ배와 최 덕분에 한국 사람들도 많이 들어온 모양이네.

ㄴ배도빈이 빨리 베를린으로 돌아왔으면 좋겠다.

ㄴ와 채팅 속도 실화? 이거 쇼팽 콩쿠르가 인기 있는 거냐 아님 배도빈이 인기 있는 거냐?

ㄴ배도빈 유독 첫 번째로 많이 나오네.

ㄴ왜 이렇게 끊겨. 연주할 때도 이러면 차라리 나중에 듣는 게 나을 것 같은데.

ㄴ도빈이가 처음이라 본선 점수 전체적으로 짤 것 같다.

ㄴㅇㅇ?

ㄴ원래 이 정도 수준의 콩쿠르는 상대평가를 할 수밖에 없음. 상위권은 미스가 거의 없으니까.

ㄴ정확히 말하면 첫 번째 주자를 기준으로 삼는 거지. 그래서 도빈이가 기준이면 뒤에 연주하는 사람들 점수가 평소보다 박할 수밖에 없다는 뜻임.

ㄴ아, 나왔다.

ㄴ배도빈의 연주를 직접 듣지 못해 애석합니다. 현장에 있는 분들이

부럽네요.

　└오늘 몇 곡 연주함?

　└연미복 넘 잘 어울린다 ㅠㅠ

　└도빈이 얼굴 일 잘하네.

　└에튀드 2곡, 녹턴 1곡, 발라드·스케르초·판타지·바카롤 중에 1곡.
총 4곡임.

　└얼ㅋㅋㅋㅋㅋ 심사위원에 가우왕ㅋㅋㅋㅋ

　└가우왕 도빈이한테 지지 않았음? 근데 심사위원으로 있넼ㅋㅋ

　└둘이 사이좋은데 이간질 ㄴㄴ해.

　└정작 둘이 서로 디스하면서 놀던데 뭘.

　└아 채팅 개빠르네 진짜. 그래서 뭐뭐 연주한다고?

　무대에 올라 피아노 앞에 앉았다.

　어쩌다 보니 참가했지만 꽤 의미 있는 콩쿠르다.

　니나 케베리히라는 천재와 경쟁할 수 있고 최지훈과의 약
속을 지킬 무대이자 홍승일이 부탁한 일이기도 하다.

　그러나 그런 모든 이유가 없더라도 쇼팽을 알아가는 과정은
퍽 즐거운 일이었다.

　내가 남긴 피아노를 그가 들었을 테고.

다시금 두 세기에 걸쳐 그가 남긴 음악을 탐미했던 시간은 마치 편지를 주고받는 듯했다.

쇼팽과의 대화.

비록 만나지는 못했지만 이렇게 아름다운 음악을 만들어낸 천재의 피아노를 연주할 시간이다.

쇼팽 에튀드 OP. 10 N. 3. E장조.

'Tristesse(슬픔)'.

너무나 아름다운 선율이다.

다성부를 다채롭게 다뤄야 하는 이 곡은 악보를 살펴볼수록 그 깊이에 감탄할 수밖에 없다.

잔잔하게 이어가다 화성과 함께 전조를 보이고.

다시금 애절하게.

음과 음 사이의 공백을 깊은 사색을 통해 부드럽게 이어가다 보면 멜로디는 더욱 애잔해진다.

얼굴을 간지럽히는 노을처럼.

그는 무엇을 슬퍼했을까?

대체 그의 가슴에 무엇이 박혔기에 이다지도 구슬프고 아름다운 멜로디를 자아낼 수 있었던 걸까.

알고 싶다.

그의 목소리를 듣고 싶다.

그가 남긴 악보를 연주하는 것만이 그 목소리를 들을 수 있으니.

다가가야지.

격렬함과 슬픔이 대비되며.

마지막에 이르러 눈물을 훔치는 쇼팽.

그는 진정 시인이었다.

♪

심사위원석에 앉아 배도빈의 연주를 들은 가우왕은 엄지를 꽉 깨물었다.

'미친놈.'

평소의 배도빈이 아니었다.

본인이 만든 곡을 연주할 때의 특유의 난폭함이 조금도 느껴지지 않았다.

'이게 네가 쇼팽과 나눈 대화란 말이냐.'

일전에 배도빈과의 경연을 준비하는 과정에서 깨달은 바가 있었기에 가우왕은 배도빈이 준비한 쇼팽을 너무도 잘 이해할 수 있었다.

쇼팽 콩쿠르에 나선 배도빈은 세상 그 어떤 피아니스트보다 쇼팽을 잘 표현했다.

'이별의 곡이라고 불리는 에튀드 Op. 10의 3번, E장조는 쇼팽의 다른 곡에 비해 쉽다고 알려져 있지만 그것은 깊게 파고

들지 않은 사람들의 이야기.

곡이 가진 아름다운 멜로디를 효과적으로 표현하기 위해서는 아티큘레이션[3]을 특히 신경 써야 했다.

아주 작은 차이지만 같은 멜로디라도 달리 들릴 수밖에 없는 요소.

피아니스트라면 가장 두려워할 '해석'의 영역이다.

E장조가 쇼팽의 다른 곡보다 기교적으로 쉬운 편이라고는 하나 완벽하게 연주하기 어려운 이유일진대.

배도빈은 마치 답을 내리듯 연주하였다.

가우왕의 감상은 비단 그만의 생각은 아니었다.

디미트리 알렉스, 미카엘 블레하츠 등 세계적인 거장으로 이름을 떨친 심사위원들도 같은 생각이었다.

어려운 곡을 잘 연주하는 것보다.

쉬운 곡을 잘 연주하는 게 더욱 어렵다는 것을 너무나 잘 알고 있기 때문이었다.

슬픔(Tristesse)을 마치고.

배도빈의 두 번째 곡은 쇼팽의 에튀드 OP. 10의 6번, E플랫 단조.

왼손으로 반주를 하는 와중에 두 개의 선율을 연주해야 하

---

3) Articulation: 연속되는 선율을 보다 작은 단위로 구분하여 각각의 단위에 형과 의미를 부여하는 연주기법(출처: 두산백과)

는 곡인데 이 역시 앞선 곡과 마찬가지로 아름다움을 지향했다.

피아노를 얼마나 잘 연주하는가를 겨루는 콩쿠르에서는 선뜻 고르기 힘든 선택지를 두 곡 연속 소화하면서 배도빈은 이 자리를 본인의 개인 리사이틀 무대로 만들어 버렸다.

'정말 대단한 친구야.'

미카엘 블레하츠는 몇 년 전, 그래미 시상식을 앞두고 만난 천재와의 대화를 떠올렸다.

당시 만 여섯 살.

벌써 4년 가까이 흘렀지만 미카엘 블레하츠는 그때의 배도 빈의 말을 잊을 수 없었다.

'음악은 발화. 연주는 대화.'

설마 여섯 살짜리 꼬맹이에게 그렇게나 감명 받을 줄이야.

더욱 놀라운 일은 배도빈이 자신이 한 말을 작곡과 연주로 증명하고 있다는 점이었다.

'대화라.'

마치 평생을 음악에 바친 사람처럼.

단순히 어린아이가 누구를 따라 말한 것이 아니라 깊은 사색 끝에 결론지은 멋들어진 표현이라는 것을 알 수 있었다.

이러한 정황을 모르는 팬들도 배도빈의 연주를 듣고 감동하기는 마찬가지였다.

ㄴ콩쿠르가 아니라 콘서트인 줄.

ㄴ감탄밖에 안 나온다.

ㄴ배도빈은 콩쿠르를 대하는 자세가 다른 참가자들과 확실히 다른 것 같습니다. 보통은 선곡할 때 기교를 보여주려고 하는데 그런 것은 그리 신경 쓰지 않는 것 같네요. 훌륭합니다. 명석해요.

ㄴ도빈이 너무 멋있다.

두 번째 곡 연주를 마친 배도빈은 건반에서 손을 떼 차분히 호흡을 가다듬었다.

그리고 준비가 된 듯 건반에 손을 올렸고 천천히 전조를 알렸다.

쇼팽 녹턴 20번, C샤프 단조.

'Reminiscence'.

회상 또는 추억담.

ㄴ나 이거 알아. 로만 폴만스키 감독 영화에서 나왔음.

ㄴ제목을 말해야 알지 멍청아.

ㄴ와 무슨ㅋㅋㅋㅋㅋ 진짜 할 말 없게 잘하넼ㅋㅋ

ㄴ저작권 때문에 안 됨.

ㄴ하…… 진짜 미친다. 내가 젤 좋아하는 곡인데 도빈이 연주 들으니까 진짜 너무 좋아.

배도빈이 마침내 마지막 발라드 한 곡을 연주한 뒤 일어섰다.

바르샤바 필하모닉 홀을 찾았던 청중들은 촉촉해진 눈가를 닦을 생각도 못 한 채 감동을 전해준 피아니스트에게 경애의 박수를 보냈다.

심사위원들은 '1-25' 스케일에 맞춰 배도빈의 이름 옆에 점수를 기입했고 그 아래 다음 라운드로 진출할 자격이 있다는 뜻으로 'YES'를 함께 적었다.

ㄴ만점이겠지?

ㄴ아닐지도 모름.

ㄴ첫 주자라서 만점은 주기 어려울 듯. 배도빈보다 잘하는 사람이 나올지도 모르니까.

ㄴㅋㅋㅋㅋㅋ농담 잘하네.

여러 추측이 난무하는 가운데.

차례를 마치고 나선 배도빈에게 기자들이 몰려들었다.

"1차 본선을 마친 소감 부탁드립니다!"

"첫 주자로 나섰음에도 많은 사람이 만점을 예측하고 있습니다. 본인의 연주를 평한다면 어떻게 말씀하시겠습니까?"

"이번 대회 우승을 자신하십니까?"

기자들의 막무가내식 인터뷰에도 익숙해진 배도빈이 차례

로 대답했다.

"즐거운 시간이었어요. 쇼팽에 대해 함께할 수 있어서 즐거웠고요. 우승은 당연히 제가 합니다."

언제나 자신에 차 있는 대답에 기자들은 고개를 끄덕였다.

다른 사람이었다면 모르겠지만 배도빈만큼 우승에 가까운 사람도 없었다.

"오늘 같은 소속사인 니나 케베리히와 친구 최지훈이 출전합니다. 두 사람에게 전해주실 말 부탁드립니다."

한 기자의 질문에 배도빈이 답했다.

"이 대회에서 주목할 사람은 니나 케베리히예요. 그녀가 어떤 연주를 들려줄지 기대하고 있어요."

다른 사람도 아니고 배도빈의 말이라 기자들은 조금 당황했다. 같은 소속사 피아니스트를 옹호하는 발언이라 하기에는 지금껏 배도빈의 태도와 부합하지 않았다.

할 말은 정확히 한다.

그간의 모든 인터뷰에서 조금의 가감도 없이 대답했기에 기자들은 정보가 없어 관심 밖이었던 니나 케베리히에 대해 인식을 고쳐먹었다.

"최지훈 군에 대해서는요?"

한 기자가 되묻자.

배도빈이 그와 눈을 마주하고 정확히 답했다.

"천재예요."

♪

9월 어느 날, 이탈리아 피렌체.

"그게 아니라니까."

"난 잘 모르겠어."

도빈이가 쇼팽 콩쿠르 준비를 도와주는데 무슨 말인지 하나도 모르겠다.

"그러니까 4도에서 5도로 넘어가는 부분에선 살짝 공간을 둬야 한다고. 엄청 뜻밖의 전개잖아. 강조해야 한다고."

"……."

도빈이가 날 바보 보듯이 본다.

나도 모르게 입이 조금 튀어나왔다.

"……자, 이거 조성이 뭐야."

"파."

"이건?"

"솔시레."

"음감이 그렇게나 좋으면서 왜 이해를 못 하는 거야!"

"모른다구!"

한참을 씩씩대곤 도빈이가 숨을 길게 내쉰 뒤에 혼잣말

을 했다.

"이걸 왜 모르지."

또 울컥했다.

"바보 취급하지 마!"

"멍청아! 누가 바보라고 했어?"

"머, 멍청이?"

도빈이가 천재라는 건 알고 있었지만 이럴 때마다 조금은 속상하다.

재능 차이 때문이 아니다.

도빈이의 음악세계를 완전히 이해할 수 없다는 게 분하고 안타깝다. 슬프다.

누구보다도 도빈이를 이해하고 싶은데 도빈이가 무슨 말을 하는지 이해할 수 없는 것이 너무 슬프다.

'대체 왜 이해를 못 하지?'

채은이에게 설명할 때와 같이 방식으로 설명했는데 알아듣지 못한다.

설명하는 방식이 나쁜 걸까.

악보나 음계에 대해 모르는 채은이는 곡의 진행을 들려주면 그것을 기억해 연주한다.

굳이 표현하자면 상대음감이 발달된 부류다.

음과 음 사이의 길을 잘 따라가는 능력을 지녔고 그러다 보니 화성 진행에 대한 '분위기'를 잘 느끼는 것이었다.

작은 박자의 차이 역시 잘 듣고 기억하는데.

최지훈은 달랐다.

음의 진행에 집중하기보다는 한 음, 한 음에 대해 이해하고 '연결'보다는 조성이나 화음에 집중했다.

말하자면 절대음감.

녀석의 정확한 연주에 이유가 있었던 것이었다.

그러한 능력은 일반인들 사이에서는 희귀하여 음악을 하는 사람에게 있어선 장점으로 작용되기도 하지만, 쇼팽의 곡처럼 해석의 여지가 다양하여 음악성이 돋보이는 곡을 연주할 때는 심심해질 수밖에 없었다.

그래서 다소 밋밋한 녀석의 연주에 도움을 줄 생각으로 화성 진행에 대해 말했더니.

"무슨 말이야?"

못 알아듣는다.

여섯 개의 음을 한 번에 눌러도 계이름을 귀신같이 맞추는 걸 보고 깜짝 놀랐는데 이런 느낌에 대해서는 도통 모른다는 것에 한 번 더 놀랐다.

그렇게 종일 직접 들려주기도 설명을 풀어내기도 하는 과정에서.

최지훈이 마침내 내 말을 이해했다.

다른 방법도 아니라.

그저 반복해 듣는 것으로.

"아! 아! 아!"

자신이 몰랐던 것을 깨달은 최지훈이 눈을 동그랗게 뜨며 소리를 질렀다.

새로운 세계를 목도한 기쁨은 나도 잘 알고 있기에 녀석이 한 발 나아갔다는 것에 기뻐했다.

"나 처음이야. 음악을 이렇게 느낄 수 있다는 거 생각도 안 해봤어. 그냥 쓸쓸할 땐 A단조, 활기찰 땐 C장조 이런 식으로만 알고 있었어."

"그렇게만 하면 단순해져."

"응응! 이제 알 것 같아. 같은 조성이라도 이렇게나 달라질 수 있구나. 이게 깊이야?"

고개를 끄덕였다.

'……그러고 보니.'

녀석과 입씨름을 하느라 생각하지 못했는데 이와 관련된 설명을 하고 진짜로 이해한 사람이 있었던가 싶다.

결론은 없었다.

'하루 만에 이해했다고?'

신을 내며.

매우 어색하지만 방금 배운 것을 쇼팽의 녹턴에 적용하려고 피아노를 치는 최지훈을 보았다.

녀석은 박자를 일부러 늦추기도 건반을 누르는 힘에 강약을 조절하기도 하면서 음 진행을 다루었다.

그러면서 조금씩 쇼팽의 곡을 이해해 나가기 시작한 것.

지금이야 너무나 서툴지만 분명 내가 말했던 것을 겉으로 이해하는 것이 아니라 정말 받아들인 것이다.

상대음감과 절대음감을 모두 다루는 음악가는 나 이외에 정말 많이 못 보았는데.

이제 막 또 한 명의 천재가 탄생한 듯하다.

최지훈의 첫 곡은 쇼팽 에튀드 OP. 10의 8번, F장조.

타건을 정확히 하지 않으면 그 빠른 속도 때문에 음이 쉽게 뭉개져 연주에 의미가 없어진다.

최지훈이 건반을 치기 시작했다.

♪♪♬♪

♪♬♬♪

무엇보다 중요한 것은 정확함.

피아니스트가 얼마나 노력했는지 여실히 드러나는 연습곡으로서 최지훈이 가장 활약할 수 있는 스타일의 곡이다.

한 음을 누른 뒤 그 상태를 유지한 채 다음 음계들을 연주해야 하는 아르페지오(Arpeggio).

넓지는 않지만 매우 빠른 속도를 요하는 스케일.

밀집된 음형에 따라 손가락 번호가 정확히 요구되는 등.

연습만이 답인 그 곡을.

최지훈은 너무나 훌륭히 소화해 냈다.

심사위원들은 대한민국의 어린 참가자, 최지훈이 들려준 첫 번째 곡에 감탄했다.

'예선 통과가 운이 아니었단 말이지.'

'이렇게나 정확하게 연주하려고 얼마나 연습을 반복했을지.'

심사위원들 역시 어린 시절부터 피아노를 직접 연주해 왔던 사람들이라 저 나이 때에 저런 연주를 하는 게 얼마나 힘든 일인지 누구보다도 잘 알고 있었다.

배도빈이 비정상적으로 완벽하기 때문이지 만약 그가 없었더라면 분명 크게 놀랐을 실력이었다.

ㄴ뭔지 잘 모르겠는데 일단 잘하는 것 같다.

ㄴ개잘하는 거임. 저거 진짜 쳐보면 손가락 안 꼬일 수가 없음.

ㄴ지훈이도 진짜 연습 많이 했나 보네.

ㄴ쓰러졌대잖냐. 오죽했으면 그랬을까. 잘 됐으면 좋겠다.

ㄴㅇㅇ

ㄴㅇㅇ 진짜로.

그러나 최지훈은 이런 응원을 듣고자 참가한 것이 아니었다. 매일 노력했던 결과가 '응원'을 받을 뿐이라면 그보다 최지훈이 좌절할 일도 없었다.

응원을 하는 입장은 본인.

연주를 통해 듣는 사람이 감동을 받아 그것을 박수로 돌려주길 바라며 연습했던 것이다.

최지훈이 두 번째 곡을 준비했다.

쇼팽 에튀드 OP. 10의 12번, C단조.

'Revolutionary'.

혁명.

가늘게 치고 들어온 선율 뒤에 곧장 이어지는 선율들이 무거운 분위기를 형성한다.

오른손의 화음 전개에서 느껴지는 의지.

그것을 반주하는 왼손의 아르페지오가 풍기는 절망적인 분위기가 한데 어울리면서 곡은 차차 흐려진다.

그러나 다시.

마치 반드시 이겨내겠다는 듯 마지막에 이르러 다시금 힘을 주게 되는 쇼팽의 혁명.

이 비장한 분위기를 형성하기 위해, 최지훈은 배도빈이 알려준 '깊이'를 파고들었다.

그 결과.

그간의 최지훈에 대해 알고 있었던 팬들과 심사위원들에게 크나큰 충격을 안겨줄 수 있었다.

'……제법이잖아, 부잣집 꼬맹이.'

최지훈을 그저 건방진 꼬맹이라고만 생각하고 있었던 가우 왕도 이 두 번째 곡을 통해 그에 대한 인식을 바꾸었으며.

'저 어린 나이에 이런 표현력을 갖추다니. 믿을 수 없군.'

다른 심사위원들 모두 최지훈을 그저 교과서를 빨리 익힌 수재에서 그보다 한 발 앞선 존재로 인식하기 시작했다.

└와 좋은데?

└지훈이 연주 스타일이 뭔가 좀 더 풍부해졌네.

└슬슬 곡을 해석할 수 있게 된 건가 봄. 예전처럼 밋밋하지 않네. 좋다.

└엉엉 지훈아 ㅠㅠ

세 번째 곡, 네 번째 곡에서도 훌륭한 연주를 한 최지훈이 피아노에서 떨어져 인사를 하곤 퇴장하였다.

심사위원들의 표정은 흡족했으나 최지훈은 쿵쾅대는 가슴을 어찌할 바 몰랐다.

어서 빨리 대기실로 돌아가 짐을 챙겨 배도빈과 만날 생각뿐이었다.

어찌나 긴장했는지 손이 파르르 떨렸다.

그조차 인지하지 못하고 있다가 짐을 챙길 때야 자신이 떨고 있음을 깨달은 최지훈은 크게 숨을 들이마셨다.

쉽게 진정할 순 없었지만 어찌되었든 준비한 네 곡만큼은 무사히 연주했다고 스스로 다독이면서 대기실을 벗어난 순간.

기자들이 몰려들었다.

"1차 본선을 마친 소감이 어떠십니까!"

"준비는 어떻게 하셨습니까?"

"인터넷 생중계 반응이 좋습니다! 2차 본선 진출을 확신하십니까?"

갑작스러운 질문 공세에.

최지훈은 활짝 웃으며 파르르 떨리는 손을 감추었다.

그리고 가장 나중에 질문을 한 기자를 보며 답했다.

"네. 전 천재니까요."

그 밝은 표정에 기자들이 더욱 신을 내 최지훈에게 달려들었다.

♪

"끄앙! 도빈아아아."

"잘했어."

휴식 시간.

연주를 마친 최지훈이 한참 동안 안 오기에 뭘 하나 싶었더니 인터뷰를 하고 온 모양이다.

"……."

날 붙잡은 손이 아직 파르르 떨리고 있어 꽉 쥐어주니 곧 멎었다.

간이 이렇게 작아서야.

"아들! 너무 잘하던데?"

"히히힛! 정말요?"

어머니의 칭찬에 해맑게 웃은 녀석이 주변을 둘러보았다.

"화장실 가셨어."

"아."

자기 아버지를 찾는 것 같아 말해주니 고개를 끄덕인다.

나와 어머니도 좋지만 역시 친아버지와 함께하고 싶은 듯.

당연한 일이다.

이제 두 사람이 감정적으로 멀어지는 일은 없었으면 좋겠다.

그렇게 잠시 뒤, 콩쿠르 시작 5분 전이 되어 다시금 관중석으로 향했는데 최지훈이 내 옆에 앉았다.

"니나 누나는 언제야?"

"마지막."

"엄청 잘하겠지?"

"아마."

최지훈이 말하는 '엄청 잘한다'라는 기준이 내가 그녀에게 바라는 수준과 차이를 보일 것은 당연하다. 아직 그녀의 가치를 정확히 판단하고 있는 사람은 없다.

그녀의 담임 교수가 그러할까?

니나 케베리히에게는 바라는 수준이 있었다.

음대에 진학하고 1년.

처음 만났던 그 순간의 니나만으로도 그 가치는 무엇과도 비교할 수 없었지만 나는 분명 그녀가 더욱 찬란한 빛을 낼 수 있는 보석이라고 생각한다.

멋대로 기대하여 부담을 주고 싶진 않았기에 누구에게도 말하지 않았지만 그녀에게 내 사비를 털어 투자를 한 것만으로도 느끼고 있을 것이다.

흔한 일은 아니니까.

내 피아노를 뛰어넘길 바라는 세 사람 중 한 명이고 그에 가장 근접해 있기에.

다른 참가자들의 연주는 귀에 들어오지 않았다.

1차 본선 첫 번째 날의 마지막 주자.

니나 케베리히가 무대 위에 모습을 드러내서야 집중할 수 있었다.

예선에서는 드러내지 않았던 찬란함.

'오늘은 어떻게 할지…….'

그녀가 피아노 앞에 앉았다.

팔짱을 끼고 그녀의 손가락에 의식을 집중했다.

니나 케베리히의 첫 곡은 쇼팽 에튀드 OP 25의 2번, F단조.

무난한 난이도의 곡인데.

'빨라.'

속주에는 익숙한 나조차 빠르다고 인식할 정도로 빠르다.

그런 주제에 악센트와 본래 약했다고 하는 페달 활용도 완벽히 해낸다.

1분은커녕 50초도 안 될 것 같은 시간 안에 F단조를 순식간에 연주한 니나 케베리히는 뭔가 후련한 것처럼 보였다.

다음 곡은 쇼팽 에튀드 OP 25의 3번, F장조.

본인의 활기찬 느낌과 너무나 잘 어울리는 선곡이다.

활달하게 움직이는 선율들을 가지고 노는 와중에 정확함을 잃지 않고 완급 조절도 완벽.

역시 내 귀는 정확했다.

예선과 1차 본선을 통틀어 이보다 활기차고 명확한 그리고 명석한 연주를 들은 적 없다.

단지.

'너무 빠르잖아.'

쇼팽의 연습곡이 짧긴 해도 두 곡을 연주하는 데 2분밖에 걸리지 않았다.

그 빠른 템포를 곡 연주에 잘 녹여낸 것은 대단하지만.

적어도 홍승일이 내게 알려주었던 '콩쿠르 연주'와는 꽤 차이가 있다.

1차 본선의 모든 일정을 마치고 심사위원들은 발표 전 마지막 미팅을 가졌다.

참가자들의 점수를 확인한 그들은 헛웃음이 나오는 것을 참느라 곤욕이었다.

약속이라도 하듯 배도빈의 점수가 모두 24점이었기 때문이었다.

모든 심사위원이 같은 생각이었는데 첫 번째 주자였던 만큼 만점을 주기 어려웠고 그러다 보니 1점을 내려서 준 것. 그러다 보니 모든 참가자가 모든 심사위원에게 단 한 번도 25점 만점을 받지 못한 결과가 나와 버리고 말았다.

그리하여 2차 본선 진출자로 가장 먼저 선택받은 참가자는 배도빈.

17명의 심사위원에게서 각 24점을 받아 총점 408점을 기록했다.

바로 아래 점수를 획득한 다른 참가자와의 점수 격차가 40점 이상인지라 모르는 사람이 봤다면 적폐도 이런 적폐가 없는 평가표.

그것을 확인하다 최지훈의 이름이 나왔다.

총점은 311점.

정말 아슬아슬한 점수였으나 다음 라운드로 진출할 자격이 있냐는 'YES or NO'에서는 모든 심사위원들로부터 'YES'를 받았다.

그리고 논란의 니나 케베리히.

"그녀가 다음 라운드에 올라가지 못하는 건 말이 안 됩니다."

"으음."

"하지만 그녀의 연주는 쇼팽이라기보다는……"

"그녀 본인의 연주라는 뜻이지요. 하지만 그렇게 따지면 미스터 배의 연주 또한 그렇습니다."

"배도빈의 연주는 쇼팽의 악보를 해석하는 영역에서 이루어졌습니다. 그와 니나 케베리히의 연주를 동일한 기준에서 판단하는 것은 옳지 않은 듯합니다."

"저는 그녀의 진출이 왜 문제가 되는지 모르겠군요. 여기 계신 분 모두 공감하지 않습니까. 니나 케베리히의 연주가 다른 어떤 진출자보다 훌륭했다는 것을요."

의견이 갈리는 와중 미카엘 블레하츠가 니나 케베리히의 점수표를 확인했다.

총점 340점.

낮은 점수는 아니나 다음 라운드 진출에 대해 반대하는 심사위원이 많았다.

미카엘 블레하츠가 듣기에도 그녀의 쇼팽은 쇼팽이란 느낌이 없었다.

니나 케베리히의 곡이라고 해도 믿을 수 있을 정도로 너무나 파격적인 연주였다.

그래서 더없이 즐거웠지만.

피아니스트로서의 그녀의 실력에 감탄하고 매력을 느꼈지만 심사위원으로서 어찌 판단해야 할지에 대해선 확신을 가질 수 없었다.

그때 가우왕이 나섰다.

"뭘 그리 고민들 하십니까."

"무슨 좋은 생각이라도 있습니까."

"니나 케베리히의 총점은 결국 다른 참가자들보다 높습니다. 반대하시는 분들이 왜 그런지는 이해하지만 총점이 높은데 떨어뜨리는 것도 말이 안 되지 않습니까?"

"그건…… 그렇지요."

"진출시키는 게 맞습니다. 만약 그녀가 정말 자격이 없다면 다음 라운드에서 명확해지겠죠."

결국 그렇게.

1차 본선 참가자 80명 중 2차 본선에 오른 사람은 41명이 되었다.

· 34악장 ·
세계를 거머쥔 손

[배도빈 또다시 최고점 기록! 쇼팽 콩쿠르 우승 사실상 확정?]

[디미트리 알렉스, "배도빈의 연주는 그 어떤 피아니스트보다 세련되었다. 기품 있고 매력적이다."]

[최지훈 2차 본선 진출! 예상을 또 한 번 뒤집다!]

[미카엘 블레하츠, "최지훈은 그 나이라고는 믿을 수 없을 만큼 정교하다."]

[필립 엔트, "니나 케베리히는 피아노를 사랑한다. 그녀의 연주는 너무나 달콤해 자꾸만 찾게 된다."]

"도빈아, 도빈아. 이거 봐봐."

"도빈! 지훈! 이거 좋은 말일까?"

본선이 진행되는 와중에도 쇼팽 콩쿠르에 관한 기사를 전 세계에서 시시각각 올라오는 중이었다.

굳이 찾아보지 않아도 위험할 정도로 행복해 보이는 최지훈과 신이 난 나나 케베리히가 알아서 기사를 보여주었는데.

몹시 언짢다.

나나 케베리히의 점수가 내 생각보다 훨씬 낮았기 때문.

그 이유에 대해서는 모르지 않지만 아마 필립 엔트란 남자의 비유가 적절할 듯하다.

너무나 달콤하다.

그 맛에 중독되어 찾을 수밖에 없지만 과하면 좋지 않다는 뜻.

심사위원들이 나나 케베리히의 연주를 어떻게 생각하고 있는지 알 수 있는 말이었다.

"좋은 말일 거예요! 누나의 피아노 정말 너무 좋으니까요!"

"그치?"

같은 생각이다.

음악이 더욱 아름답기 위해서라면 그 어떤 것도 방해할 수 없다.

몸에 좋지 않은 음악이라니.

말도 안 되는 억지다.

적어도 내가 아는 블레하츠나 가우왕이라면 결코 이런 말을 뱉을 리 없다.

고작해야 사오십대의 젊은이들이 더 꽉 막혀 있는 것 같아
답답하다.

"그나저나 너 다음 라운드 준비는 어떻게 됐어?"

2차 본선의 경우에는 조건이 있었는데 연주 시간이 30분에
서 40분 사이로 고정되어 있다는 점.

쇼팽 협회에서 선정한 발라드, 스케르초, 판타지 중에서 한 곡.

마찬가지로 선정된 일부 왈츠 중에 한 곡.

마지막으로 네 곡의 폴로네즈에서 한 곡을 연주하고 만일
연주 시간이 채워지지 않을 경우 쇼팽의 곡 중 하나를 더 연주
해야 하는데.

1차 본선만을 목표로 연습한 최지훈이 당장 내일 어떻게 연
주를 할지 걱정되었다.

"히히힛."

웃는 걸 보니 뭔가 믿는 구석이 있는 듯.

다행이다.

"망했어."

"……."

이 자식이.

"하지만 1차 본선을 통과할 수 있을 거라곤 생각하지 못했
단 말이야. 통과한 것만으로도 너무 행복해."

"그래서 어쩔 건데."

"사단조 발라드랑 내림가장조는 연습했으니까 최선을 다 해야지."

틀렸다.

본인마저 불가능하다고 생각했던 1차 본선을 통과하자 정말 나이와 경험 그리고 시간의 벽에 막힌 것.

그래도 본인이 저렇게 만족하니 할 말이 없다만.

'내가 콩쿠르에 나설 이유가 되어준다던 약속은 어디다 팔아먹은 거야?'

최지훈을 노려보는데 녀석이 계속 행복하게 웃고 있어서 김이 새버렸다.

"왜?"

"됐어."

"혹시 서운해? 나 떨어져도 열심히 응원할게!"

"필요 없어."

다음 날.

2차 본선이 시작되었고 더욱 많은 관중이 바르샤바 필하모닉 홀을 찾았다.

대기실에 있는데 이시하라 린이 찾아왔다.

오랜만에 보는 얼굴이다.

"야호!"

"반가워요."

"정말 너무 유명해졌잖아. 인터뷰 한 번 하는 게 왜 이렇게 어려운 거니?"

"그래서 이렇게 대기실로 초대했잖아요."

"후후. 이럴 땐 의리 있다니까?"

항상 그래왔던 것처럼 이시하라 린이 메모장과 녹음기를 세팅하고 질문을 시작했다.

"이틀 동안 했던 도쿄 리사이틀 모두 매진했어. 그때의 소감부터 말해줄래?"

"즐거웠어요. 앙코르 때 녹음된 음악을 반주로 바이올린을 연주했는데 팬들이 반가워하는 게 느껴졌거든요."

"일본 팬들에게 피아노와 바이올린을 위한 모음곡은 의미가 깊으니까. 나도 잘 들었어."

그렇게 생각해 준다니 고마운 일이다.

"하나 더. 도쿄 비올라 콩쿠르에서 나카무라 료코가 우승을 했어. 아는 사이지?"

"네. 나카무라 병문안을 갔을 때 만난 적 있어요."

"너랑 같은 아홉 살인데 비올라를 배운 지 3년밖에 안 되었다나 봐."

나카무라와는 인연이 깊지만 이시하라 린이 그의 딸 료코를 언급하는 이유는 알 수 없었다.

두 번 만났지만 이렇다 할 관계는 없으니까.

"왜 이야기를 꺼냈냐는 얼굴인데?"

귀신이다.

"그 아이가 시상식에서 재밌는 이야기를 꺼냈거든. 자, 이 기사."

이시하라 린이 신문을 보여주었다.

"글은 못 읽어요."

"······대단하네."

이시하라 린이 신문을 가져가 대신 읽어주었다.

"배도빈이 베를린 필하모닉에서 신세계로부터를 지휘한 걸 들었어요. 언젠가 저도 그가 지휘하는 악단에 함께하고 싶어요. 라는데?"

이시하라가 씩 하고 웃더니 말을 이었다.

"어때? 관심 있어?"

"실력 있는 음악가라면 그렇죠. 나중에 연주하는 걸 한번 들어봐야겠네요."

료코가 어떤 연주를 할지 모르겠지만 직접 들어봐야 할 일이다. 특히나 비올라의 경우에는 잘 연주하기 힘든 악기 중하나니까.

"여기저기 유망주를 찾고 있는 걸로 아는데. 오스트리아의 마르코나 오늘 출전하는 니나 케베리하나."

······히무라가 말해준 모양이다.

"다음 행선지는 베를린 필하모닉이라고 생각해도 될까?"

굳이 감출 이유가 없어 고개를 끄덕였다.

"네. 16살이 되면 곧장 베를린으로 갈 예정이에요."

"정말? 그럼 개인 리사이틀은? 콩쿠르는?"

"연주회는 가끔 하겠지만 콩쿠르는 원래 별 관심 없었어요."

"왜? 그렇게 잘하잖아."

"그러니까 문제예요."

"응?"

"저도 다른 사람들도 제가 우승한다는 걸 알고 있으니까요."

"아…… . 천재의 고뇌라는 거구나?"

고뇌라고 할 것 없다.

당연한 일이다.

쇼팽 국제 피아노 콩쿠르는 이것저것 즐기고 있다만 다른 콩쿠르에 손을 뻗칠 이유는 없다.

피아노나 바이올린 외의 악기를 익혀 출전하는 거라면 모를까.

그마저도 내게는 시간 낭비라 느껴진다.

"천재 배도빈, 우승 확신하다. 라는 제목도 괜찮겠네."

"그보다."

필기 중인 그녀에게 말을 걸었다.

"응?"

"니나 케베리히에 대해 집중해 주세요. 만에 하나 제가 우승하지 못한다면 우승자는 그녀일 테니까."

"……어?"

"농담이 아니에요. 1차 본선을 본 사람은 이미 느끼고 있을 거예요. 니나의 피아노가 얼마나 멋진지."

"나도 잘 친다고는 생각하고 있었는데, 그렇게나?"

클래식 음악 전문 기자이자 이 분야에 대해서는 나름 전문가라 인정받고 있는 이시하라 린마저 이런 상황인 것이 안타까웠다.

스스로 음악은 쉬워야 한다고 생각하지만 이것은 별개의 영역.

전문가들의 발언이 쌓이지 않으면 작곡가든 연주자든 '대단하다'라는 인식이 생기지 않는다.

나처럼 음악 자체만으로도 인정받는 경우가 가끔 있지만 니나의 경우는 내 생각보다 그런 게 덜한 편이라 애석하다.

"콩쿠르가 끝나면 블레하츠나 가우왕하고도 인터뷰 해보세요. 그녀에 대해 물어보면 분명 좋은 말을 할 거예요."

"그래. 나도 오늘은 집중하고 들어봐야겠다."

그렇게 인터뷰를 마치고.

대기실 모니터로 니나 케베리히가 입장하는 모습을 보았다.

그녀의 걸음은 당당했고 얼굴에는 웃음이 가득했다.

조금의 부담도 느끼지 않는지 아니면 도리어 저 무대를 즐기는 건지.

'들려줘.'

이 세계의 그 찬란한 빛을 보여주길 바랐다.

♪

후우.

역시나 조금 긴장된다.

처음에는 사람들 앞에서 독주를 할 수 있다고 해서 들떴는데 아무래도 잘하는 사람이 많아 조금은 걱정이다.

내 연주가 별로면 어쩌지?

나만 즐거우면 어쩌지?

그런 생각을 하게 되면 나도 모르게 손이 떨린다.

'빚 갚아야 하는데.'

피아노만 칠 줄 알고 당장 내일 먹을 것조차 걱정해야 했던 내게 손을 뻗어준 도빈이.

그 착한 아이에게 실망을 안겨주면 안 될 텐데.

아, 위험하다.

안 좋은 생각이 들기 시작하니 계속해서 꼬리를 문다.

'네 연주는 참 즐거워. 심사위원들은 안 좋아할지 몰라도 분명 관객들은 좋아할 거야.'

새로 만난 교수님이 해주신 말씀을 떠올리자.

도요토미라는 변태 새끼에게 질려 버려 턱을 날려주고 나왔던 음대. 도빈이 덕분에 다시금 용기를 내 찾을 수 있었던 그

곳에서는, 아니, 적어도 살리에니 교수님만큼은 내 피아노를 인정해 주셨다.

찰스 브라움도.

무엇보다 그렇게 멋진 음악을 하는 배도빈이 나를 응원하니까.

조금씩 나도 자신감을 찾을 수 있었다.

지금은 작은 일로 위축될 때가 아니다.

나를 인정해 준 사람들을 믿고 내 피아노를 들려줄 시간이다.

폴로네즈 환상곡 A플랫 장조 OP. 61.

환상.

폴로네즈라고는 하지만 그 형식에 구애받지 않았던 쇼팽의 말년 작품.

그의 다른 곡처럼 대담하고 즐거운 전개는 없지만 곡 이곳 저곳에 갑작스러운 변화로 그의 고뇌가 잘 드러나 있다.

연인과의 이별과 건강상의 문제로 피폐했던 말년의 쇼팽이 남긴 저돌적인 표현.

가장 쇼팽다우면서도 가장 쇼팽답지 않은 곡이라 더욱 좋아할 수밖에 없다.

천천히.

천천히.

그러나 분명하게.

건반에 무게를 실어 연주할수록 그 감정이 더욱 잘 전달된다.

'시작이야.'

곡의 후반에 이르러.

조금씩 속도를 더해 그의 고뇌가 가득 차 마침내 표출되기 시작하는 데 이르고.

마침내 억눌렀던 내 가슴도 풀어헤쳤다.

명확하게. 명확하게.

빠르게.

타건은 무겁게. 음은 날아가듯이.

단 한순간 표출했던 모든 감정을 다시금 추슬러 여리게. 여리게.

티딩-

마지막 음을 연주하자.

지금까지 걱정했던 모든 것을 떨쳐내고 다음 곡을 연주할 수 있게 되었다.

'대체 이런 애들이 어디서 자꾸 나타나는 거야?'

심사위원석에 앉아 있던 가우왕은 니나 케베리히의 연주를 듣고서 조금이지만 허탈해졌다.

사카모토 료이치, 스승 크리스틴 지메르만, 해리 베레조프스키,

디미트리 알렉스, 보리스 윈스턴, 미카엘 블레하츠 그리고 배도빈.

가우왕은 거장들과 어깨를 나란히 하기 위해 부단히 노력했고 스스로 이제 얼마 남지 않았다고 생각하고 있었는데.

또다시 그 앞에 지금까지의 피아니스트들과는 전혀 다른.

그렇기 때문에 인정할 수밖에 없는 천재가 나타난 것이었다.

훌륭하다.

만일 이 자리가 콩쿠르가 아니라 개인 콘서트였더라면 그녀의 연주는 보다 많은 사람에게 사랑받았을 것이다.

그런 가우왕의 생각은 뉴튜브 생중계라는 새로운 접근 방식으로 인해 널리 퍼지는 중이었다.

ㄴ쇼팽이 원래 이렇게 듣기 편했나?

ㄴ와 진짜 지린다. 웃는 거 봐.

ㄴ쇼팽 느낌이 아닌데. 곡 해석이 잘못된 듯.

ㄴㅇㅇ 다른 사람들이랑 분위기가 너무 다르다.

ㄴ난 좋은데. 개성 있잖아.

ㄴ배도빈과 같은 매니지먼트라고 하더니 히무라 쇼우 대표의 귀가 정확한 것 같네요. 이렇게 매력적인 연주자는 오랜만에 봅니다.

호불호가 갈리기는 했지만 나나 케베리히라는 피아니스트의 매력을 인지한 사람들이 늘어났고.

그로 인해 비록 3차 본선에 진출하지 못한 니나 케베리히도 성과를 거둘 수 있었다.

이제 막 피아니스트로서의 삶을 시작한 그녀에게는 너무나 소중한 경험이었다.

♪

"아하하하!"

"히히힛!"

뭐가 좋다고 저리 웃는지.

최지훈과 니나 케베리히가 다음 라운드에 진출하지 못해서 화가 난 사람은 나뿐인 것 같다.

요 며칠간 언짢았던 기분이 2차 본선 결과 발표 후 엉망이 되었는데 정작 당사자들은 피아노를 치며 즐겁게 놀고 있다.

어제, 3차 본선에서 내가 연주했던 곡을 복기하는 둘은 죽이 잘 맞는 듯 깔깔대고 있다.

말은 잘 통하지 않지만 피아노로 대화는 충분한 듯하다.

그 모습은 보기 좋고.

괜히 콩쿠르에서 떨어졌다고 속상해하는 것보단 낫지만 내가 인정하는 사람이 떨어지니 기분이 좋지만은 않았다.

"결선 진출 축하하네."

"사카모토."

"두 사람이 떨어져서 속상한 모양이구만."

사카모토 료이치가 다가와 곁에 앉았다.

"지훈이는 어쩔 수 없어도 나나는 떨어질 실력이 아니었으니까요."

"같은 생각일세."

"역시 그렇죠?"

"하지만 어쩌겠는가. 심사위원단이 그리 판단했거늘. 나나 양이 떨어진 이유에 대해서는 자네도 잘 알고 있지 않은가."

"……."

사카모토의 말대로 너무나 잘 알고 있다.

그래서 콩쿠르가 더욱 마음에 안 드는 거다.

기준이 있어 그에 부합하는 연주자에게 더 높은 점수를 주는 거야 이해할 수 있지만, 그것이 곧 모든 것을 평가할 수 있는 기준은 아니니까.

"난 말일세."

사카모토가 입을 뗐다.

"빌헬름이나 필스 경 등 정말 뛰어난 사람들과 함께할 수 있어 즐거웠네. 내 음악을 이해해 주는 사람이 많았고 라이벌로서도 함께할 수 있었지."

무슨 느낌인지 알 것 같다.

나 역시 여러 천재들과 함께했으니까.

특히 로시니는 당시 그의 오페라가 너무나 인기를 끌어 나조차 인정할 수밖에 없었다.

비록 당시에는 듣지 못했지만.

지금은 그에게 전했던 쪽지보다 명확한 소감을 말해줄 수 있을 것 같다.

같은 시대에 태어나 기뻤다고 말이다.

"이기기 위해 노력하다 보면 어느새 발전해 있는 나와 상대를 볼 수 있고 그 뒤에는 친구가 될 수 있었지."

히무라는 원피스 같은 이야기라 하지만 사카모토의 말에는 크게 공감한다.

"그래서 조금 안타까울 때가 있네. 자네에겐 그런 존재가 많이 없을 것 같거든."

"사카모토랑 푸르트벵글러가 있잖아요."

"하하하. 그렇게 생각해 준다면 고맙지만 나와 빌헬름도 이제 늙었지. 당장 은퇴해도 이상하지 않아. 자네와 함께 음악을 할 시간이 많지 않아 아쉽지."

사카모토의 말대로 그럴 나이다.

"그 외로움을 어떻게 견딜지 조금 걱정되긴 하네. 자네도 그걸 알기에 지훈 군이나 나나 양에게 마음을 쓰는 것 아닌가."

"꼭 그렇지만은 않아요. 동료가 있든 없든 전 제 음악을 할 뿐이니까요. 다만 사카모토 말처럼 안타까울 뿐이에요. 유망한 음악가가 본인의 날개를 펼치지 못하는 것 같아서요. 특히 이번 콩쿠르에선 나나가 그렇죠."

"하하. 걱정하지 않아도 될걸세. 전에 내가 음악은 좀 더 솔직해지고 있다고 말한 거 기억나는가?"

"네."

"나나 양에 대한 반응일세."

사카모토가 내게 핸드폰을 건네주었다.

그것을 받아 보니 나나 케베리히의 연주를 들은 사람들이 남긴 댓글을 확인할 수 있었다.

왜 떨어졌는지 이해할 수 없었다는 내용부터 그녀의 힘찬 연주에 감명받았다는 이야기까지.

수백 개의 댓글을 보며 조금 안심할 수 있었다.

"결코 실패가 아니었어."

"네. 그렇네요."

정말 다행이라 생각했다.

저녁 식사를 마치고 소소와 함께 차를 마시는 와중에 박선영이 기쁜 소식을 알려주었다.

"마르코가 입단을 했다고요?"

"응. 오늘 오전에 연락되었는데 그 때문에 바쁜가 봐. 그래도 생중계로 응원하고 있다고 하더라."

마르코 진이 오스트리아 국립 오페라에 합격했단 말은 최근 좋지 않았던 내 기분을 단번에 풀어주었다.

　아버지를 따라 빈 필하모닉의 오보에 주자가 되겠다던 꿈에 한 발 더 다가간 모양이다.

　"통화해 볼래?"

　"네."

　박선영이 마르코의 집으로 전화를 걸어 내게 넘겨주었다.

　"선영, 이거 맛있어."

　"버터 쿠키잖아. 밥 먹었는데 또 먹은 거야?"

　"맛있으면 0칼로리."

　통화음이 몇 번 간 뒤 마르코가 약간 지친 목소리로 전화를 받았다.

　-마르코 진입니다.

　"저예요, 배도빈. 잘 지내죠?"

　-와! 그럼! 잘 지내지! 너도 잘 지내고 있어?

　목소리 톤이 한껏 올라갔다.

　마르코도 반가워하는 듯해 기분이 좋았다.

　"오스트리아 국립 오페라에 들어갔다고 들었어요. 축하해요."

　-아하하! 고마워. 참, 괜찮은 거야? 내일이 결선이잖아.

　"걱정 말아요. 준비는 다 되었으니까."

　-하긴. 3라운드 정말 잘 들었어. 현장에서 직접 듣고 싶었는

데, 가지 못해서 아쉽다. 기껏 초대해 줬는데 미안해.

"그런 말 말아요. 꿈이 우선이니까. 다음에 기회가 있을 거예요."

-그렇지.

말끝에 작게 웃는 마르코의 목소리가 다시금 우울해졌다.

그토록 바라던 입단이었을 텐데 힘이 없는 것 같아 무슨 일이 있었나 싶다.

"무슨 일 있어요?"

-그…….

잠시 말을 흐린 마르코가 생각 끝에 고민을 털어놓았다.

-실은 빈 필하모닉의 연주를 따라가는 게 힘들어서. 저번 주부터 따라 하는데 많이 혼나고 있어.

확실히.

작년 잘츠부르크 페스티벌에서 느꼈던 것을 마르코도 입단하면서 느낀 듯했다.

떨림 하나까지도 완벽하게 빈 필의 스타일에 맞춰야 하는데 오스트리아 국립 오페라에 입단하면서부터 그 훈련이 시작된 듯했다.

마르코뿐만이 아니라 많은 연주자가 고생할 부분이라 생각했다.

그래서 훌륭하다 생각하면서도 그 철두철미한 연주에 정감을 느낄 수 없기도 했고 말이다.

-뭐, 내가 잘못한 거니까. 열심히 하다 보면 언젠가 인정받을 수 있을 거라 생각해.

잘못되었다.

니나 케베리히의 탈락도.

마르코 진의 '내가 잘못한 거니까'라는 생각도 잘못되었다.

"아니에요."

-어? 뭐가?

"마르코는 잘못하지 않았어요. 빈 필이 원하는 연주자가 있을 뿐. 마르코의 오보에가 훌륭한 건 직접 들었던 내가 잘 알아요."

-아하하. 이거 너한테 그런 말 들으니까 조금 쑥스러운데?

"진심이에요."

부디 빈 필하모닉과 함께해 본인의 빛나는 재능을 잃지 않았으면 한다.

그래도.

아버지를 발자취를 더듬어 걸어가려 이제 막 발을 내디딘 그에게 그런 말을 해줄 수는 없다.

내 오케스트라에 데려오고 싶다 해서 그 역시 그걸 바란다곤 생각할 수 없으니까.

"빈 필의 느낌이라면 잘 알고 있어요. 콩쿠르 끝나고 찾아갈게요. 도움을 줄 수 있을 거예요."

……미안해.

"미안하다는 말이 아니라 도와달라 해야죠. 꼭 해낼 거예요."

마르코와 대화를 마치고 전화를 끊었다.

"도빈아, 콩쿠르 끝나고 오스트리아로 갈 거야?"

어머니께서 물으셨다.

통화 내용을 들으신 것 같다.

"네. 마르코한테 가보려고요. 막힌 것 같아서 도와주려고요."

"그렇구나. ……어쩌지."

어머니께서 조금 난감하시다는 듯 아버지를 보셨다.

"어쩔 수 없지, 뭐. 도빈아, 오스트리아에선 얼마나 있을 거니?"

"글쎄요. 무슨 일 있어요?"

아버지께서 하하 하고 웃으셨다.

묘하게 어머니도 아버지도 조금 쑥스러워하시는 듯하다.

"영빈이 형 군대 간다고 하니까. 오랜만에 가족끼리 모이려고 했지."

"아."

배영빈이 의무를 하기 위해 입대를 하는 듯.

군인이 되는 일은 명예로운 일이니 축하와 응원 그리고 무사하길 바라는 자리를 마련하시려는 듯했다.

'그 몸으로 군대에서 잘할 수 있으려나.'

배영빈의 산만 한 뱃살이 떠올랐다.

"그리고 엄마가 당분간 한국에 가 있어야 해서. 도빈이랑 같이 가려 했지."

아버지와 함께 도란도란 잘 지내신다고 생각했는데 갑자기 한국에 가셔야 한다고 하니 의아했다.

'싸우신 것 같진 않은데.'

나란히 다정하게 서 있는 모습을 보면 여전히 사이는 좋으시고.

뭔가 이유가 있을 것 같아 여쭸는데 아직은 비밀이라 답하실 뿐이었다.

'……설마.'

아니겠지.

그런 생각을 하고 있는데 박선영과 함께 있던 소소가 다가와 말했다.

"콩쿠르 끝나면 얼후 배우고 피아노 가르쳐 줘야 한다고 하는데?"

박선영이 그녀의 말을 통역해 주었다.

할 일이 정말 너무 많다.

당장 한국으로 돌아가면 다시금 검정고시 준비를 하려 하니 머리가 아파온다.

"하하하! 이거 쇼팽 콩쿠르 결선을 앞두고 있는 사람으로는 안 보이는군그래."

사카모토가 크게 웃었다.

♪

10월 18일 18시.

총 삼 일간 진행되는 쇼팽 국제 피아노 콩쿠르의 결선이 시작되었다.

폴란드 방송국은 물론 전 세계 각지에서 결선을 중계하기 위해 기자들이 몰려들었으며 해당 콩쿠르를 지켜보기 위한 관계자와 팬들까지 콘서트홀을 가득 채웠다.

백육십 명의 예선 참가자 중 결선에 오른 사람은 단 열 명.

미국, 캐나다, 크로아티아, 일본, 폴란드, 라트비아, 러시아 그리고 한국까지.

자국의 피아니스트에 대한 관심이 집중될 수밖에 없는 가운데 누구 하나 우승에 대한 의심은 하지 않았다.

배도빈.

이제 겨우 만 아홉 살 된 소년은 '부활'을 발표하고 육 년간 클래식 음악계의 괴물로 성장했다.

그가 발표한 두 개의 정규 앨범은 전 세계 누적 판매량 1,200만 장을 돌파하였고.

한국과 일본의 클래식 음악 시장이 다시금 활기를 띠는 결과를 초래했다(한국 클래식 음반 판매량 600% 성장, 일본 클래식 음반 판매량 148% 성장).

그뿐만이 아니었다.

정규 앨범뿐 아니라 '지니위즈 죽음의 성물: 1, 2부', '블랙 나이트 인크리즈', '더 퍼스트 오브 미' 등에 참여하면서 영화와 게임 분야에서도 그 역량을 과시하여 해당 콘텐츠의 성공에 크게 기여.

대중성까지 확보했다는 평을 받았는데 특히 2015년 배도빈의 리사이틀 투어(서울, 뉴욕, 로스앤젤레스, 도쿄, 베이징, 베를린, 런던)에서는 그것이 여실히 드러났다.

배도빈의 개인 리사이틀 티켓이 경매로 6,000달러에 거래되면서 작곡가로서의 능력만이 아니라 연주자로서도 크게 인기를 끌고 있다는 뜻이었는데.

이미 1년 전부터 한국과 일본 그리고 독일에서는 이와 같은 사회·문화적 현상을 '콩깍지 신드롬'이라고 명명할 정도였고.

그전, 배도빈으로 인해 '클래식 음악 교육' 붐이 전 세계에 불어 국제 콩쿠르, '크리크'까지 개설.

여러 앨범들이 그래미상을 비롯해 매년 시상식을 휩쓰는 와중 클래식 음악 전문가마저 배도빈의 음악에 대해 긍정적인 메시지를 연일 발표하니.

배도빈은 대중성과 음악성을 모두 갖춘 21세기 최고의 인물로 각 종 잡지에서 선정되었다.

그런 배도빈이 갖추지 못했던 것은 단지 연주자로서의 수상 경력뿐.

그가 최고의 음악가라는 것을 부정할 순 없었고 피아니스트와 바이올리니스트로서의 공연은 예매와 동시에 매진되었지만 팬들은 배도빈이 권위 있는 콩쿠르에서 우승해 주길 바랐고.

또한 그것을 믿어 의심치 않았다.

ㄴ또 첫 번째네.

ㄴ마가 낀 거임.

ㄴ도빈이 연주 들으러 보는 사람 많을 텐데 좋지 뭐.

ㄴ첫 번째면 안 좋지 않음? 뒤로 갈수록 잊힐 것 같은데.

ㄴ내일 출근해야 하는데 첫 번째니까 다행이지.

ㄴ벌써 1시네.

ㄴ🐘레전드 오브 더 스☆톰🐘가입시$카드 증정🍥100%잭팟※ 🏯 월드 크래프트🏯펫 증정¥ 조건 달성 시§악마군주3§★초상화 스킨 획득 기회@ 즉시이동

ㄴㅋㅋㅋㅋ도빈이 성격이면 후딱 해치우고 자고 싶을 듯.

ㄴ광고충 블랙 당했닠ㅋㅋㅋ

ㄴ어차피 우승은 배도빈인데 뭐 하러 보냐? 노잼.

ㄴ연주 들으려고.

ㄴ연주 들으려고 ㅇㅇ

ㄴ어차피 뒈지는 거 왜 사냐?

ㄴ뼈 맞았죠? 명치 맞았죠?

ㄴ근데 오늘은 협주인가 보네?

ㄴㅇㅇ. 피아노 협주곡 E단조랑 F단조 중에 선택해서 연주함.

ㄴ폴란드 국립 필하모닉 심포니 오케스트라네. 야체크 카스테라가
지휘한 곡들 진짜 좋음.

ㄴ?

ㄴ카스테라?

ㄴ그래서 도빈이는 뭐 연주하는데?

"도, 도, 도, 도빈아. 우선 긴장. 긴장하지 말고."

"너야말로 진정 좀 해."

"그, 그치만 결선이잖아."

바르샤바 필하모닉 홀에 도착하고 대기실로 향하기 전, 최
지훈이 내 손을 꽉 잡았다. 힘을 주려는 것 같은데 벌벌 떨고
말까지 더듬어 어이가 없어졌다.

"내가 아니면 누가 우승하는데. 걱정하지 마."

"으, 응."

부모님과 일행과도 인사를 나누고 대기실로 향했다.

주최 측의 배려로 결선 전에 인터뷰라든지 여러 일로 집중을 흩트리지 않을 수 있어 만족스럽고.

또 첫 번째라 더욱 편하다.

일찌감치 해치우고 다른 참가자들의 연주를 마음 편히 들을 수 있으니까.

눈을 감고 연주할 곡을 떠올리고 있는데 나를 부르는 소리가 들렸다. 또 한 명의 거장 야체크 카스테라가 내게 손을 내밀며 인사했다.

폴란드 사람으로 알고 있었는데 독일어로 인사를 해 의외였다.

"멋진 연주를 기대하네."

"즐겁게 연주해요."

천천히 무대 위에 오르자 관객들이 박수를 보내준다.

콘서트마스터와 악수를 나누고.

야체크가 팔을 들어 단원들이 일어섰고 관객을 향해 허리를 숙여 인사했다.

피아노 앞에 앉아 야체크와 시선을 교환한다.

쇼팽이 남긴 피아노 협주곡 E단조는 참으로 그의 솔직한 마음이 담긴, 아름다운 곡이었다.

웅장하게 시작하는 도입부.

고조되는 분위기도 좋은데.

F단조, 특히 3악장 알레그로 비바체(Allegro vivace: 매우 빠르고 생기 있게)가 내 심금을 울려, 오늘은 그것을 연주하기로 마음먹었다.

악단이 연주를 시작했다.

1악장. 마에스토소(Maestoso: 장엄하게).

아름다운 선율을 따라 집중.

플룻과 함께 음이 잦아들고.

드디어 내 차례가 왔다.

팅- 티디디딩-

구슬피 시작해 복잡한 음계들로 하나의 선율을 만들어 나간다.

아름다운 슬픔이란 대체 무엇을 말하는 것일까.

이 애절한 멜로디를 아름답다고 느끼는 것은 어쩌한 일일까.

그러나 분명 아름답다.

분위기는 점점 더 고조되고.

최고치를 찍었을 때.

악단이 함께한다.

여린 음들이 어느새 장엄하게 울려 퍼지고 치열하게 연주를 이어나간다.

쇼팽이 남긴 이야기에 슬퍼하고 전율하며 1악장을 마친다.

2악장. 라르게토(Larghetto: 조금 느리게).

바이올린이 슬며시 음을 내고 들어오는 플루트와 오보에.

이제는 내 차례다.

쇼팽이 이렇게나 훌륭한 작곡가였다고.

전 세계에 들려줄 시간이다.

♪

[배도빈 우승! 금메달과 우승 상금 3만 유로, 최고의 폴로네즈 연주 상금 3천 유로 획득]

[쇼팽 국제 피아노 콩쿠르 우승자 배도빈의 쇼팽 피아노 협주곡 F단조에 대하여]

-모리스 르블랑(르 피가로)

[예견된 우승, 상상할 수 없었던 연주]

-빌리 브란트(슈피겔)

[연주회장을 압도했다]

-이시하라 린(아사히 신문)

[배도빈, 우승과 더불어 관객상마저 수상]

-마리 살티스(데이즈)

[폴란드 시청률 38%, 뉴튜브 생중계 시청자 8천만 명을 기록한 제17회 쇼팽 국제 피아노 콩쿠르]

-이필호(관중석)

[배도빈, "쇼팽과 대화할 수 있는 좋은 기회였다."]

-한스 레넌(그래모폰)

[배도빈의 연주 앨범, 독일 아리아에서 판매 시작]

[미카엘 블레하츠, "그보다 완벽한 피아노 협주곡 F단조는 들어보지 못했다."]

[디미트리 알렉스, "쇼팽을 만난 듯하다."]

[최고의 소나타에 니나 케베리히 수상]

[최고의 마주르카를 연주한 최지훈, 폴란드 라디오상 수상]

[배도빈이 음악을 대하는 자세]

지난 10월 21일.

배도빈이 제17회 쇼팽 국제 피아노 콩쿠르 역사상 최연소 우승의 기염을 토해냈다.

모든 사람이 우승을 예견한 바 그 부담을 이겨낸 배도빈에게 경의의 박수를 보낸다.

이제는 전 세계가 그를 천재라 찬양하는 지경에 이르렀다.

그런데 과연 그를 천재라는 단어로 표현하는 것이 바람직한 일일까.

단순히 천재라는 말로 그를 표현하기에는 그가 보여준 자세가 인상 깊다.

기념 연주를 마친 배도빈은 기자회견을 통해 이번 콩쿠르 경험이 쇼팽과 대화할 수 있는 좋은 기회였다고 밝혔다.

그에게 있어 콩쿠르는 단순히 다른 참가자와 경쟁하여 우승을 하는 일이 아니었다. 쇼팽의 음악을 탐구하고 그의 곡을 통해 알게 된 것을 관객에게 전해주는 일이었던 것이다.

모두가 우승을 기대하는 압박 속에서 그가 본인의 연주를 해낼 수 있었던 데에는 그런 자세가 기반이 되었을 터다.

이미 정점에 올랐다고 평가받는 음악가 배도빈이 아직 음악을 하는 이유는 아마도 그가 추구하는 것에 비교대상이 없기 때문이지 않을까?

그의 다음 무대를 고대한다.

-한이슬(2015년 11월호 음악기행)

쇼팽 콩쿠르 뒤는 무척이나 바빴다.

세계 각지에서 기념 공연을 해야 했고 오스트리아에 들리기도 해야 했다.

"미안해. 일부러 와줘서."

"고맙다고 하는 거예요. 이럴 때는."

오보에 연주는 못 하지만 그가 파악하지 못했던 빈 필하모닉의 특징을 설명한 결과, 얼마 지나지 않아 그는 능숙하게 빈 필의 연주를 따라할 수 있게 되었다.

"됐어! 이제 알 것 같아!"

    너무나 기뻐하는 모습을 보니 그간 마음고생이 심했을 터인데 부디 본인의 연주를 잊지 않는 선에서 성장하길 바랐다.

    그는 내 오케스트라의 수석 오보에가 될 사람이니까.

    "나중에 데리러 올 테니까 너무 빈 필에 빠져 있지 말아요."

    "응?"

    "그런 일이 있어요."

    그렇게 마르코와 인사를 나누고 귀국했을 때.

    부모님께서 동생이 생겼다는 이야기를 전해주셨다.

    "도빈아, 동생 생기면 어떨 것 같아?"

    반가우면서도 놀라운 이야기다.

    '두 분 모두 아직 젊고 사이도 좋으시지만.'

    행복해하는 두 분을 보면 그런 놀라움도 잊어버리고 만다.

    "당연히 좋죠. 언제 태어나요?"

    "여섯 달 정도 뒤에."

    어머니와 아버지의 사랑을 받는다면 분명 내 동생도 행복하게 자랄 수 있을 거다.

    그런 생각을 하니 나도 태어날 동생을 깊이 사랑해 줘야겠다고 생각했다.

    "축하한다. 도빈이도 동생 생겨서 좋겠네?"

    "축하해, 동서."

    큰아버지와 큰어머니도 축하했다.

큰어머니는 예전과 달리 우리 가족에게 살갑게 대했는데 나이를 먹고 철이 든 건지 아니면 우리 가족이 잘돼서 그런 건지 모를 일이다.

그리고.

"누구세요?"

"……뭐가."

"……영빈이 형?"

"그래. 뭐."

몇 년 만에 만난 배영빈은 살이 빠지다 못해 없어지고 말았다.

초췌해 보이기까지 할 정도로 말랐는데 대체 그간 무슨 일이 있었기에 사람이 이렇게까지 바뀔 수 있나 싶다.

'다른 사람이잖아.'

큰아버지와 아버지가 밖에 나누는 대화를 듣곤 조금 안타까워졌다.

"왜 그래, 형. 걱정돼?"

"……말도 마라. 집에만 있기에 군대라도 가라고 했지만 잘 적응할 수 있을지 모르겠다."

"아직 힘들어하는 거면 나중에 가는 게 좋지 않을까 싶은데."

"이겨내야 할 텐데. 언제까지 괴롭힘당한 거에 빠져 있을지."

"……."

"역시 지금은 안 되겠지?"

"연기할 수 있으면 그게 좋지."

"……그래야겠다."

조금 특이한 인간이라고는 생각했지만 괴롭힘을 당했다니 전혀 몰랐던 일이다.

밥만 먹고 자기 방으로 들어간 녀석을 만나기 위해 문을 두드렸는데 반응이 없다. 문고리를 돌리려 해도 안에서 잠갔는지 열리지 않아 말했다.

"형, 나야."

반응이 없어 한 번 더 말하자 배영빈이 슬그머니 문을 열었다.

"밖에서 놀아."

그러곤 다시 문을 닫는데 그 모습이 조금 위험해 보였다.

이상하지만 착한 녀석이었는데 무엇이 녀석을 이렇게 만들었는지 알 수 없었다.

그러나 녀석은 끝내 문을 열지 않았고 큰아버지의 만류에도 기어이 입대하고 말았다.

[배도빈 연주회 또다시 매진!!]

-2016.01.18

[배도빈 영화 음악 제작 참여. 크리스틴 노먼 감독과 재결합!]

-2016.12.20

[오랜 기다림 끝에 배도빈 연주회! 만 명 이상 몰려]

-2017.10.11

[니나 케베리히 내한! 중국 얼후 연주자 소소 게스트로 출연]

-2018.01.17

[최지훈 크리크 피아노 부문 우승!]

-2019.06.28

[배도빈 활동 재개는 언제?]

-2019.10.08

[최지훈 쇼팽 피아노 콩쿠르 우승!]

-2020.10.26

[토마스 필스 별세. 향년 71세]

-2020.11.18

[천재 음악가 배도빈, 이대로 잊히는가]

-2021.03.11.

· 35악장 ·
지구방위대 가랜드

2020년 10월 26일.

'해냈어.'

두 번째 참가하는 쇼팽 콩쿠르.

폴란드로 유학 온 뒤, 크리크 우승자 자격으로 참가해 마침내 결선에 올랐다.

5년 전 도빈이와 같은 레퍼토리로 준비했는데 피아노를 칠수록 당시의 도빈이가 얼마나 대단했는지 알 수 있었다.

지금 도빈이는 이곳에 없지만.

벌써 저 멀리 다른 곳을 향해 달려가고 있지만 확실히 따라가고 있다.

최선을 다한 쇼팽의 피아노 협주곡 F단조.

조금은 도빈이에게 닿고 싶은 심정으로 절절히 쇼팽이 남긴 슬픔을 전달했다.

"축하한다. 멋진 연주였어."

마지막 연주를 마치고 대기실로 내려오니 아버지께서 미소로 나를 반겨주셨다.

"고마워요, 아버지."

"최고더구나."

"히히힛. 아버지는 항상 제가 최고라고 하시잖아요."

그렇게 이야기를 마치고 모니터를 통해 다른 참가자들은 어떻게 연주하는지 보았다.

우승할 수 있을까.

잘하는 사람들이 너무나 많다.

하지만 그 누구 하나 도빈이처럼 날 감동시켜 주진 않는다.

'너는 어디쯤 걷고 있니.'

내 연주는 들었을까.

지금 도빈이가 무엇을 하고 있는지 궁금하다.

2021년 2월 14일.

"그럼 잘 부탁드립니다."

"저야말로 잘 부탁드립니다, 히무라 대표님."

사카모토 선생님의 제자 툭타미셰바와 계약을 마쳤다.

5년간 너무나 바빴지만.

4년 전에 발족한 도빈 재단 운영이 궤도에 올라섰고 샛별 엔터테인먼트도 이제는 제법 구색을 잘 갖추었다.

피아니스트 4명, 바이올리니스트 3명 그리고 성악가 2명을 관리하는데 그에 따라 직원도 상당히 늘어났다.

그리고.

"오빠!"

"수고했어."

이탈리아 출장을 다녀온 박선영이 문을 열고 들어오자마자 달려들었다.

"컥."

"들어봐. 내가 무슨 계약을 따냈게?"

"설마."

"조르조 모더가 니나한테 곡을 써준대! 대박이지!"

젊음인지 사랑인지.

엑스톤 시절부터 유독 날 잘 따라주었던 그녀는 팀장으로서의 역할을 너무나 잘 수행해 주고 있다.

"멋진데?"

"그치! 그럼."

그녀가 눈을 감고 입을 내민다.

"뭐야?"

"상. 빨리~"

무엇을 바라는지 뻔한 일이다만 이 젊고 유능하고 아름다운 여성을 어떻게 대하고 싶은지 너무도 잘 자각하고 있기에 스스로 브레이크를 걸고 있다.

"무슨 얘긴지 모르겠는데?"

"남자가 치사하게."

그녀가 내 입술에 입을 맞추었다.

매번 이렇게 자제력을 흔들고 만다.

"오빠가 안 해주면 내가 하면 되지."

"이제 내려와."

박선영이 날 쏘아보곤 일어섰다.

"조금 이따 땅 보러 가봐야 하는데 같이 갈래? 30분이면 되니까 끝나고 저녁도 먹고."

"말 돌리는 거 봐. 싫네요."

"도빈이도 오는데."

"으음. 그러게. 꽤 오래 못 봤으니까. 검정고시는 잘 봤대?"

"겨우 합격했나 봐. 공부하느라 스트레스 많이 받은 모양이야."

"음악은 그렇게 잘하면서. 검정고시가 그렇게 어렵나?"

"다른 분야니까."

"그럼? 베를린으로 바로 간대?"

"올해 겨울에."

차 키를 챙기자 선영이도 따라나섰다. 사무실 불을 끄고 문을 열기 전 확인하는 차 물었다.

"그걸로 돼?"

"뭐가?"

"상."

"안 되지. 그게 얼마짜리 계약인데. 두고 봐. 니나가 이걸 연주하…… 이게 뭐야?"

"선물."

마음에 들지 모르겠지만 평소 좋아하는 가수의 한정 앨범을 어렵게 구해 초콜릿과 함께 담은 상자를 건넸다.

박선영이 그것을 뜯었고 곧 활짝 웃어 내 가슴도 따뜻해졌다.

"오빠……."

"못 구했다고 들어서."

"뭐야. 진짜."

박선영이 내 가슴팍을 때렸다.

평소답지 않게 수줍어했고.

그렇게 나도 모르게 그녀에게 다가가고 만다.

♪

['배도빈: 피아노와 바이올린을 위한 모음곡' 中 '밴쿠오의 자손'에 대해]

-작성자 체르니

-조회 수 117,381

-댓글 418개

"오. 12만 가겠는데?"

취미 삼아 도빈 오빠의 곡을 분석해 블로그에 올렸는데 이번 글은 반응이 좋다.

다들 좋다고는 하는데 도빈 오빠가 어떤 의도로 곡을 지었는지, 화성은 왜 그렇게 배치했는지에 대해서는 이야기하지 않아 나라도 이야기하자고 마음먹었다.

다들 재밌게 봐주니 괜히 뿌듯하다.

최근에는 관중석이라는 클래식 음악 잡지사에서 글을 연재해 볼 생각이 없냐고 메일을 보내왔는데.

내 글이 관중석에 연재된다니.

솔직히 말해서 못 믿겠다. 누가 장난이라도 하는 거겠지.

ㄴ이런 생각으로 만들었구나…….

ㄴ좋은 글 보고 가요.

ㄴ아, 이게 맥베스 이야기였구나. 이거 처음 나왔을 땐 아무 생각 없

이 들었는데.

　└배도빈 활동 안 한 지 4년 넘지 않았음?

　└17년 10월에도 연주회 했잖아요.

댓글을 살펴보는데 역시 오빠가 언제 활동하는지 궁금한 사람이 많은 것 같다.

사실 나도 오빠가 무슨 생각을 하는지 잘 모르겠다.

뭔가를 하는 것 같긴 한데 예전처럼 작곡에 몰두하진 않았다.

예전에는 소소 언니한테 얼후를, 칠삼 아저씨한테 일렉트릭 기타를 배웠고 그 뒤에도 꽤 여러 악기를 다뤘는데.

언론에서는 자기들 멋대로 '너무 많은 관심을 받아 부담을 가졌다'라거나 하는 식으로 오빠가 더 이상 활동할 수 없을 거라 떠들었다.

나도 도빈 오빠가 새 곡을 만들면 좋지만.

모든 사람이 '이제 악상이 안 떠오르나?', '대체 연주회도 안 하는 이유가 뭔데', '배도빈도 이제 끝이야' 등 말도 안 되는 이야기로 괴롭히니까 나까지 오빠에게 부담을 주긴 싫어 굳이 묻지 않았다.

정작 당사자는 도진이한테 폭 빠져 있어서 세상 그렇게 행복해 보일 수도 없는 얼굴 하고 있으니 안심이 되기도 하고 말이다.

"채은아, 관중석이란 곳에서 전화 왔는데? 이필호 편집장님이시라고."

"네?"

엄마가 이상한 말을 해서 나가보니 집 전화기가 내려놓여 있었다.

요즘 세상에 집 전화로 연락을 하는 사람도 있나 싶은데, 관중석이라니.

게다가 이필호 기자라니.

설마 그 메일이 정말이었나?

"여보…… 세요?"

-배도빈의 곡 해설 연재하는 체르니 님이시죠?

아빠 정도 될까?

나이 먹은 남자가 멋진 목소리로 물었다.

"그런데요. ……왜 그러세요?"

아저씨가 웃으며 말했다.

-반갑습니다. 관중석의 이필호라고 해요. 블로그 게시글 잘 보고 있습니다.

세상에. 미쳤어. 미쳤다고!

-실은 우리 잡지에 채은 씨 글을 연재해 볼까 싶어서요. 만나보고 이야기하고 싶은데. 언제가 괜찮을까요?

"자, 잠깐만요."

쪽지. 쪽지.

아저씨의 말을 받아 적긴 했는데 정신이 없었다.

내가 당황한 것 같자 엄마도 걱정이 되었는지 곁으로 다가
와 물었다.

"무슨 일이니?"

"아니야. 아니야."

-네?

"아, 아니에요. 그…… 집 번호는 어떻게 아셨어요?"

-글이 너무 좋아서 도빈 군에게 보여주었죠. 그러니 말해주
더라고요. 못 들으셨나요?

헐.

-그럼 그때 봐요. 부모님과 함께 오시면 좋겠네요.

"네, 네. 알겠습니다. 네. 그럼."

전화기를 끊고.

"꺄아아악!"

"얘, 얘가 왜 이래?"

엄마를 끌어안았다.

♪

"다녀왔습니다."

"어서 와~"

"형아."

칠삼을 만나고 귀가하자 어머니께서 평소와 같이 상냥하게 반겨주셨고.

도진이 역시 아장아장 걸어와 내게 안겼다.

"웃쌰. 뭐 하고 있었어?"

"만화 보고 있었어."

"무슨 만화?"

"몰라."

거실로 가자 큰아버지 집에 얹혀살 때 배영빈이 보던 로봇 만화가 나오고 있었다. 가랜드란 제목이었던 것 같다.

"재밌어?"

고개를 끄덕인 도진이가 내려달라고 몸을 비틀었다.

녀석을 내려주자 TV를 가리키며 말했다.

"저렇게 크면 안 돼."

녀석이 눈을 반짝인다. '왜냐고 물어줘'라고 말하는 걸 알기에 웃으며 말했다.

"왜?"

"스케일. 길이가 두 배 늘어나면 넓이는 제곱으로 들어나. 부피도 마찬가지. 새로운 소재 없으면 저런 크기 의미 없어. 불가능해."

뭔 말인지 모르겠다.

"도빈아, 저녁 하려면 아직 멀었으니까 도진이랑 놀아줄래?"

"네. 도진아, 형 씻고 올 테니까 방에 가 있어."

"응."

샤워를 하고 방으로 들어서자 도진이가 침대 위에 얌전히 앉아 있는 걸 볼 수 있었다.

이제 겨우 다섯 살인데 책을 참 좋아한다.

"……그래서 어른들은 어린왕자의 말을 이해하지 못했대. 코끼리를 삼킨 보아뱀으로 보여?"

"으으응."

나도 같은 생각이다. 어딜 봐도 모자인데 어딜 봐서 코끼리를 삼킨 뱀이라는 건지.

게다가 보아뱀이라는 구체적인 종까지 말이다.

"독립 확률 변수가 부족해. N이 적당히 크면 정규분포가 될 거야."

"……"

내가 어렸을 때 어머니와 아버지께서 이런 기분이셨을까 싶다.

뭔 말인지는 모르겠지만 도진이가 고개를 들어 나를 올려다보면 그렇게 귀여울 수가 없다.

녀석의 귀여움은 세계 최고다.

"그래. 네 말이 맞다."

"이 책 재미없어. 이거 읽어줘."

도진이가 어디서 구했는지 '스케일'이란 제목의 책을 이불 아래서 꺼냈다.

-꺄아아악!

'채은이 목소리가 난 것 같은데'라는 생각을 하기가 무섭게
밖에서 채은이와 어머니의 대화 소리가 들렸다.

"오빠!"

"누나다! 안녕."

"도진이 안녕! 오늘도 귀엽네! 오빠! 나 글 쓴다고 말했어?"

말이 너무 빠르다.

"몰라?"

잠시 생각해 보니 관중석의 이필호 기자가 채은이에 대해
물어본 것이 떠올랐다.

"이필호 기자님?"

"어! 그런 이름이었어!"

"아, 말해주면 안 되는 거였나?"

"안 되긴! 최고야. 진짜 최고야!"

"야, 야. 잠깐."

채은이가 달려들었다.

나보다 키가 커서.

이제 이럴 때마다 조금 힘들다.

일어나 시간을 확인하니 다섯 시다.

평소와 같은 컨디션이라 기지개를 켰다.

"모차르트 바이올린 소나타 틀어줘."

오디오에서 음악이 나오기 시작했고 주방으로 가 주전자에 물을 받았다. 커피 원두를 하나씩 세 60알을 갈기 시작하는데 어머니께서 나오셨다.

"좋은 아침이에요."

"아하암. 좋은 아침."

아침에 잠이 많으셨던 어머니도 이젠 내 생활 패턴에 익숙해지신 듯하다.

"커피 드릴까요?"

"응."

다시 60알을 더 세어 갈기 시작했다.

어머니는 턱을 괴곤 커피를 내리는 나를 흐뭇하게 바라보셨다.

"여기요."

"고마워. 참. 오늘 큰아버지네 가는 거 알고 있니?"

"네. 큰아버지 생신이잖아요. 아버지는 언제 도착하신대요?"

"점심쯤 오실 것 같아. 10시쯤 출발하면 될 거야."

인천 공항으로 마중을 나가서 아버지와 함께 큰아버지 댁으로 가면 될 것 같다.

"영빈이 형은 뭐 하고 지낸대요?"

문득 입대하기 전 우울해 보였던 배영빈이 떠올라 물었다.

"글쎄. 큰어머니도 걱정 많이 하는 것 같아서 물어보질 못했어. 많이 힘든가 봐."

"……."

자세한 일은 모르지만 녀석이 괴롭힘을 당했고 그로 인해 대학도 가지 않은 채 방에 틀어박혀 있었다는 이야기를 듣곤 가슴이 아팠다.

그러나 본인이 다른 사람과의 소통을 거부하고 있어 어쩔 수 없었는데, 다행히 군대는 무사히 다녀와 우리 가족 모두 가슴을 쓸어내렸다.

"엄마아."

"도진이 일찍 일어났네?"

눈을 비비며 어머니께 다가간 도진이가 안긴 채로 내게 손을 흔들었다.

"아빠 오는 날이니까."

기특한 녀석.

상으로 맛있는 아침을 차려줘야겠다.

"도진이 일찍 일어났으니까 형이 아침 해줄게."

"싫어. 맛없어."

"……."

"도빈아, 아침은 엄마가 할게. 도진이랑 놀아줘."

조금 슬프다.

유독 내 바이올린을 좋아하는 도진이를 위해 연주를 하고 어머니께서 차려주신 아침을 먹은 뒤 가족끼리 가볍게 산책을 하다 인천 공항으로 향했다.

시간을 잘 맞춰 도착한 지 얼마 안 되어 아버지께서 게이트 밖으로 나오셨다.

"아빠!"

"어이구! 우리 도진이. 엄마랑 형이랑 잘 지내고 있었어?"

"네."

"기특하다. 기특해. 자, 뽀뽀."

"싫어."

아버지께서 꽤나 낙담하셨다.

나야 그렇다 쳐도 도진이도 아버지와 뽀뽀하는 건 싫은 모양이다.

"고생하셨어요, 아버지."

"우리 도빈이도 그새 많이 컸네. 검정고시 합격 축하한다."

아버지께서 밝게 웃으며 내 머리를 쓰다듬으셨다.

키는 별로 안 자랐지만 16살이 되었는데 아버지는 여전히 나를 다정하게 대하신다.

"여보."

"여보."

그리고 어머니와 애틋한 것도 마찬가지.

도진이가 손으로 눈을 가렸다.

어머니께서 운전을 하시고 큰아버지 댁으로 가는 길에 아버지께서 깜짝 놀라셨다.

"도진이가?"

"네. 아버지랑 엄청 잘 맞나 봐요. 말씀하시기론 도진이가 그쪽으로 재능이 있다는데 믿을 수 있어야지."

"이게 무슨 일이래."

조수석에 앉으신 아버지가 뒤돌아 도진이를 보는데 일찍 일어나고 아침에 산책까지 해서 그런지 잠들어 있다.

아버지께선 피곤한 듯 세상모르게 자고 있는 녀석을 흐뭇하게 보셨다.

"도빈이도 그렇고 도진이도 그렇고 우리가 복 받았나 봐. 하하."

"말도 마요. 도빈이랑 도진이가 하는 말을 못 알아들으니 얼마나 답답한데요. 당신 말도 그렇고."

"하하. 하긴. 도빈이 어렸을 땐 많이 당황했으니까."

"도빈아, 기억나? 집 사서 나간다고 했던 거."

돈 벌어서 뭘 할 거냐는 질문에 그런 대답을 했던 것 같다.

"그런 말을 했었어?"

"그랬던 거 같아요."

"하하하하! 도빈아, 엄마 너무 힘들게 하면 안 된다."

도진이가 있어서 지금은 나갈 생각은 없다.

와인이야 다시는 마시지 않겠다고 다짐했고 커피도 이젠 어머니께서 포기하셔서 굳이 따로 살 필요성을 못 느낀다.

"도진이는 그런 거 없어?"

"도빈이 어렸을 때 비하면 도진이는 그래도 애예요. 이해 못할 이야기를 해서 그렇지."

"행복하면 됐지."

아버지 말씀대로.

비록 떨어져 살지만 우리 가족은 너무나 행복하다.

"이야, 도진이 많이 컸네?"

"어서 와, 동서."

"형, 살이 더 쪘는데? 형수님 피부는 여전하시네요."

"오랜만이에요."

오랜만에 온 큰아버지의 집은 예전 느낌처럼 그렇게 크지 않았다. 확실히 내 몸이 자라긴 한 듯.

옛 생각에 예전에 우리 가족이 머물던 2층 방으로 향했는데 도진이가 따라 올라왔다.

처음 와서 조금 불안한 듯 내 바지를 꽉 쥐고 주변을 둘러보는 걸 보니 역시 애는 애다.

"왔어?"

"형."

얘는 왜 볼 때마다 달라지냐.

배영빈이 자기 방에서 나왔는데 뚱뚱했던 어렸을 때와 삐쩍 말랐던 몇 년 전과 달리 지금은 꽤 몸이 다부져 보인다.

"누구야?"

도진이가 내 뒤에 숨어 얼굴만 내놓고 묻는다.

"영빈이 형. 사촌 형이야."

"형?"

도진이랑은 나이 차이가 꽤 나니까 형이라는 말이 어색하게 들릴 수도 있겠다.

배영빈이 쪼그려 앉아 도진이에게 손을 내밀었다. 그간 많이 성숙해진 느낌이 들어 다행이다.

"준비하려면 시간 좀 걸릴 텐데 만화 볼래?"

만화를 좋아하는 도진이가 고개를 끄덕였다.

나도 배영빈의 방으로 같이 들어갔는데 녀석이 영상 파일을 하나 틀었다.

"어! 이거 나 알아! 형아, 가랜드야."

"그러게."

최근 도진이가 자주 보기 시작해서 기억하고 있다. 어렸을 적 배영빈과 함께 보던 만화이기도 했는데 제법 잘 만들어져 있다.

　　"우와."

　　평소에 알아듣지 못할 말을 하긴 해도 이럴 때 보면 확실히 애다. 녀석이 금세 만화영화에 빠지기에 한발 물러서 나도 함께 봤다.

　　'이런 이야기도 있었나.'

　　처음 보는 에피소드에 보다 보니 예전과 조금 다른 느낌이다. 그림이라든지 목소리라든지 말이다.

　　'음악도 없고.'

　　싸움을 할 때의 박진감 있는 음악이 인상적이었는데 그것이 없어 아쉽다.

　　"어땠어?"

　　"재밌어!"

　　도진이는 만족한 듯.

　　나도 추억을 자극하는 정도로 재밌게 봤는데 배영빈이 씩 하고 웃으며 놀라운 말을 했다.

　　"다행이다. 재밌어서."

　　"무슨 말이야?"

　　"이거, 내가 만들었어."

　　순간 잘못 들었나 싶어 확인 차 다시 물었더니 배영빈이 직접 만든 것이 맞단다.

도진이가 눈을 빛내며 배영빈이 하는 말을 듣는데 몇 년 전에 봤던 그 죽은 동태눈을 했던 녀석을 떠올리면 정말 놀랄 수밖에 없었다.

"얘들아, 밥 먹자~"

"네~"

도진이가 어머니의 부름을 듣고 1층으로 내려갔고 나는 아직도 믿을 수 없어 배영빈에게 물었다.

"어떻게 된 거야?"

"뭐가?"

"이거."

혼자서 만들 수 있을 리가 없다.

현대에 익숙해져 이런 작업이 한 사람의 노력으로 가능할 리가 없다는 상식 정도는 가지고 있는데.

세상에는 정말 놀라운 일이 가득한 모양.

배영빈이 뒷머리를 잡으며 쑥스러운 듯 말했다.

"엄청 오래 걸렸어. 4년쯤 걸려서 겨우 20분이야."

그러더니 이내 진지해지더니 말했다.

"나한테는 이것뿐이니까."

나는 녀석이 어떤 길을 걸어왔는지 알 수 없다. 물어볼 이유도 없다.

그러나 분명 녀석은 자신만의 영역에서 해야만 하는, 그러지 않으면 살 수 없는 일을 발견한 것이다.

내게 음악이 그러한 것처럼.

그렇다면 진심으로 녀석을 응원해 주고 싶다.

이건 분명 또 한 명의 예술가가 탄생하려는 과정이라 생각하기에.

"이거 그럼 어쩌려고?"

"글쎄. 만들기는 했는데 어떻게 해야 좋을지 모르겠어. 가이녹스에 보내봤는데 답장이 없더라고."

"가이녹스?"

"가랜드 만들었던 회사야."

나름대로 이것저것 시도한 모양인데 아무래도 관심을 못 받은 듯하다.

안타깝지만 이대로 저렇게 좋은 애니메이션을, 아니, 이 재능이 묻히는 일은 보고 싶지 않다.

예전, 녀석이 내 곡을 인터넷에 올렸던 게 기억났다.

"뉴튜브에 올려봐. 인기를 끌면 그쪽 사람들도 연락하지 않을까?"

"그럴까? 그런데 아직 편집이 덜 되어서. 아, 그리고 저작권도 문제가 있을 텐데. 동인 작품이라 괜찮을까."

갑자기 걱정이 많아진 듯.

배영빈이 갖은 변명을 만들기 시작했다.

"갑자기 왜 그래? 이거 만드느라 엄청 고생했을 거 아냐. 자신감을 가져."

"그야 아무도 재밌다고 해주지 않았으니까. 보여준 사람도 없었지만……. 가이녹스 사람들도 관심 없는 모양이고."

"나랑 도진이가 재밌다고 하잖아."

반응이 없어 다시 한번 말했다.

"올려보라니까?"

"……무서워."

"뭐가?"

"재미없다고 하면, 욕하는 사람 있으면 어떡하지?"

무슨 말인지 알 것 같다.

하지만 모든 예술가가 매번 새로운 작품을 발표할 때마다 감수해야만 하는 일이다.

"사카모토도 신곡을 발표할 땐 무서워해."

배영빈이 여러 애니메이션의 오리지널 스코어를 만든 사카모토 료이치에 대해 모를 리가 없기에.

그를 예시로 말했다.

"하지만 욕먹는 게 두려워서 발표를 못 하는 건 멍청한 짓이야. 저거 만드는 데 4년 걸렸다고 했지?"

배영빈이 고개를 끄덕였다.

"4년 동안의 치열함과 즐거움은 어디로 간 거야. 형만 만족하려고 만든 거야?"

"······아니."

"형이 저걸 만들 때 즐거웠다면 분명 좋아해 주는 사람이 있을 거야. 그러니까 그런 걸로 포기하지 마. 멍청한 짓이야."

배영빈이 나를 물끄러미 보더니 허탈하게 웃었다.

"어렸을 땐 네가 그렇게 미웠는데. 어쩜 더 그렇게 미워지냐."

"뭐?"

"······너 천재잖아. 뭐든 하면 뚝딱 해버리고. 그런 네가 부럽기도 좋다가 미워지기도 했는데."

배영빈이 1층으로 내려가는 계단에 섰다.

"고마워. 힘이 나네."

나를 미워한다고는 조금도 생각해 본 적 없는데.

녀석은 이상하긴 해도 내게 한결같이 잘 대해주었다. 만일 녀석이 없었더라면 큰집에 대한 인식도 많이 달라져 있었을 거다.

그래서.

녀석이 날 미워했다는 말을 들었을 때는 조금 충격이었고 그럼에도 결국에는 자신의 길을 걸어나가려 노력하고 이겨내려는 녀석의 투쟁에.

조금 기특하다고 생각했다.

♪

"영빈아, 교회 가자."

"아~ 싫은데. ……도빈이 혼잔데 두고 가요?"

"얌전히 있겠지. 빨리 와. 늦었다."

매주 일요일마다 도빈이는 혼자 있었다.

이제 막 3살 먹은 애를 집에 두고 가도 되나 싶었는데 지금 생각해 보면 엄마가 정말 너무했다.

오후 다섯 시쯤 교회에서 돌아오면 녀석은 형광등조차 켜지 않은 내 방 컴퓨터 앞에 앉아 있었다.

그게 마음이 아파 불을 켜놓고 가거나 책상 위에 도빈이가 배고프지 않게 먹을 걸 올려두었다.

그러다 언제는 일을 나가시던 작은 엄마가 도빈이가 혼자 있었다는 사실을 알고 도빈이를 끌어안고 우신 적이 있었다.

작은 엄마와 도빈이에게 잘못했다고 미안하다고 빌고 싶었다.

"이거 오또케 해?"

도빈이는 항상 내 자랑이었다.

조금 이상한 녀석이긴 해도 음악에 대한 열정만큼은 대단해서 매일 세계를 놀라게 했다.

매일 무료했던 내게 도빈이의 소식은 새로운 활력소였고.

동시에 부러웠다.

도빈이가 가진 재능이 부러웠던 게 아니라 어떤 한 가지 일에 집중할 수 있다는 게 신기했다.

나는 그런 게 없었으니까.

엄청난 부자는 아니지만 아빠는 성공한 사업가였고 원하는 건 다 살 수 있었던 나로서는 시간을 보낼 것을 찾을 뿐이었다.

굳이 노력하지 않아도 편하게 살 수 있다고 생각했다.

그런 와중에 도빈이가 태어났고 엑스톤에서 연락이 온 뒤로 내 생각은 완전히 바뀌었다.

나도 무엇에 빠지고 싶다고.

그런 생각을 한 순간 나도 꾸준히 했던 일이 있었음을 깨달았다.

애니메이션.

의지 없고 노력 한번 해본 적 없었던 내 가슴도 뛰게 하는 이야기.

도빈이가 일본에 간 뒤로 나도 그림을 그리기 시작했다. 글을 쓰기 시작했다.

언젠가는 내 이야기를 만화로 만들고 싶다는 생각은 조금씩 커져갔다.

그렇게 고등학생이 되었는데.

조금 일이 틀어졌다.

"야, 공 차러 갈래?"

"아니. 난……."

"거 봐. 쟤 공부한다니까."

"공부 아닌데? 만화 그리는 건데?"

"아."

"억큭큭. 오덕 냄새. 뭐냐? 이거?"

"돌려줘."

"쫌만 보고."

"헐~ 이거 로보트냐?"

"……."

소중한 것을 빼앗긴 듯해.

무시당했다는 생각에 참을 수 없었고 나는 녀석을 밀쳤다.

그 뒤로는 기억하고 싶지 않은 날이 흘렀다. 학교를 가면 너무나 힘들어서 결국 졸업도 하지 않았다.

방에서 그림을 그리는 것만이 그 기억을 떠올리지 않게, 아니, 도망치는 방법이었다.

그런 와중에도 도빈이는 세계를 상대로 음악을 했다.

여전히 자랑스럽고.

여전히 미웠다.

애써 무시하며 그림을 그릴 뿐이었다.

그러던 녀석이 미국에서 쓰러졌다는 이야기를 듣곤 너무 놀랐다.

뭐든지 잘해낸다고 생각했는데 녀석도 무리하고 있었다는

생각에 놀랐다.

다시 몇 년이 흐르고.

"안녕."

입대하기 전에 만난 녀석은 예전과 조금도 달라지지 않았다. 나를 대하는 태도도 같았다.

나는 이렇게 망가졌는데.

아빠와 엄마도 나를 안타깝게 바라보는데 녀석만큼은 예전의 나를 보듯이 바라보았다.

같이 애니메이션을 봤을 때처럼.

'넌 안 힘드냐?'

묻고 싶었다.

하지만 녀석이 무슨 말을 할지는 알고 있다.

작은 엄마랑 하는 이야기를 들었으니까.

배도빈 덕분에.

바뀌자고 마음먹었다.

군대는 너무나 힘들었다. 욕은 더럽게 많이 먹었지만 그러나 적어도 내가 좋아하는 것 때문은 아니었다.

열심히 하면서 도움을 받기도 그게 고마워서 보답을 하다 보니 주변에 사람이 생겼다.

몸도 건강해졌다.

그렇게 전역을 하고.

아빠와 엄마는 지금이라도 검정고시를 보고 대학에 가라고 하지만 솔직히 모르겠다.

내가 어떤 길을 걸어야 하는지.

애니메이션을 만들고 싶다는 것만큼은 확실하지만 대학에 들어가야 하는지 아니면 곧장 취직을 해야 하는지.

또는 다른 길이 있는지 알 수 없었다.

"올려봐."

그렇게 갈팡질팡하고 있을 때.

다시 만난 녀석은 내게 일단 시작하라고 말했다.

바보처럼 이것저것 재보고 계산하고 있던 내게 일단 걷기 시작하라고 말해주었다.

내가 듣고 싶었던 말이었다.

2악장까지 완성한 악보를 잠시 미뤄두고 숨을 돌릴 겸 오랜만에 일렉트릭 기타를 잡았다.

검정고시도 합격했고 올 겨울까지는 시간이 넉넉하기에.

배경음이 없는 녀석의 만화영화에 넣을 곡을 만들어, 마음을 다잡은 배영빈에게 선물해 주려 한다.

'꽤 열혈이었지.'

도진이랑 같이 본 영상은 비장하고 빠른 템포의 곡이 어울릴 것 같았다.

적당히 코드를 잡고 일단 연주를 해보는데 마땅한 악상이 떠오르지 않아 나이트위싱의 곡을 틀었다.

요즘 가장 많이 듣는 노래인데 훌륭한 시도와 멋진 결과를 만들어내는 밴드다.

웅장하면서도 힘찬 느낌이 배영빈의 애니메이션에 잘 어울릴 것 같다.

'밴드 음악으로 할까.'

해보지 않았지만 재밌을 것 같다.

'어디.'

적당히 코드를 조합하니 들어줄 만한 느낌이 들었는데.

곡을 만드는 것이야 시간을 들인다면 문제없지만 가사가 마음에 걸린다.

가사를 적는 일은 많이 해보지 않았고 또 그리 좋아하지 않았던 일인데 애니메이션 곡에는 꼭 들어 있었던 것 같다.

'가사는 배영빈한테 적어보라 할까.'

다음은 연주할 사람이 필요한데, 드럼은 칠삼에게 부탁하면 될 듯하고 남은 건 밴드에서 가장 중요하다고 생각하는 베이스 기타와 보컬.

"……."

그냥 하던 대로 하는 게 나을까.

사카모토나 히무라라면 좋은 사람을 소개해 줄지 모르겠지만 두 사람이 원체 바빠 그러기엔 미안하다.

그런 생각을 하고 있던 차에 핸드폰이 울렸다.

일렉트릭 기타를 가르쳐 준 칠삼이다.

좋은 타이밍이다.

"네, 아저씨."

-잘 지낸다냐?

"그럼요. 아저씨는요?"

-나야 항시 잘 지내지. 어제 좋은 물건 들어왔는데 한번 들어볼려?

지루하던 차에 잘되었다.

칠삼이 좋다고 하니 분명 훌륭한 악기일 거다.

"어여 와."

"이거예요?"

"이이~ 어뗘. 폼 나지?"

칠삼이 내게 꽤 고풍스러운 베이스를 넘겨주었다.

프렛이 없었는데 원래 이렇게 나오는 모델이라고 한다.

지난 몇 년간 여러 악기를 다룰 수 있었는데 칠삼이 이런 식으로 여러 악기를 소개해 준 덕분이라 대교향곡을 준비하는 나로서는 고마웠다.

같은 악기라도 음색은 여러 가지고 기타나 베이스, 드럼이 아니더라도 악기상인 칠삼은 구하기 어려운 악기를 구해다 주곤 했다.

"내 조카 생일 선물로 왔는데 귀한 거라 함 보여주고 싶었지."

"좋네요."

잡아보니 확실히 느낌이 좋다.

베이스 기타는 많이 다뤄보지 않았지만 좋은 물건이라는 것쯤은 알아볼 수 있다.

"어때. 하나 더 구해볼까?"

"아니에요."

"아, 마침 오는구먼."

"삼촌! 왔어? 어?"

머리 반쪽을 밀어버린 노랑머리가 매장 안으로 들어오자마자 소리쳤다.

녀석과 눈을 마주쳤는데 놈의 얼굴이 순간 일그러졌다.

"너 뭐야?"

"뭐?"

"뭔데 남의 베이스를 가지고 있냐고."

"밥 구녕 조심햐. 삼촌 손님한테 버릇없이 굴지 말고."

조카를 다그친 칠삼이 내게 양해를 구했다.

"미안혀. 쟈가 배운 게 없어서 그랴."

"괜찮아요. 여기."

칠삼에게 베이스를 넘겨주자 노랑머리가 성큼성큼 걸어 칠삼에게서 베이스를 빼앗듯 받아갔다.

그러곤 그것을 살피는데 꽤 기쁜 듯하다.

"인사혀. 여는 배도빈. 모르진 않겄지. 도빈아, 니도 인사혀. 내 조카 달래여."

"……배도빈?"

달래라니. 이상한 이름이다.

녀석이 나를 살펴보다가 눈을 크게 떴다. 알아본 듯하다.

"와. 진짜 배도빈이네. 엄청 꼬맹이였는데."

이 꼬맹이가.

칠삼과 눈을 마주친 달래가 금방 입을 닫았다.

칠삼의 조카라니 넘어가 준다만 아까부터 심기를 거슬리게 하는 놈이다.

"삼촌, 그럼 나 갈게."

"오자마자 가는겨?"

"알바해야 해. 간다!"

시끄러운 녀석이 '페인 킬러'에서 떠났고 칠삼에게 물었다.

"연주할 사람이 필요한데 아저씨가 드럼 연주해 줄 수 있어요?"

"별일이네. 뭔 일인데 그랴?"

칠삼에게 사촌형이 애니메이션을 만들었고 거기에 사용될 곡을 만들 거라 말하자 흔쾌히 고개를 끄덕였다.

"누구 부탁인데. 걱정 붙들어 매고 맡겨봐. 그럼, 기타는 직접 하고?"

"네. 가사는 붙일지 말지 모르겠어요. 베이스가 필요한데……. 추천해 줄 사람 있어요?"

"흐음."

칠삼이 팔짱을 끼고 고개를 푹 숙인채 끙끙대다가 고개를 들었다.

"방금 갸가 솔찬히 혀."

"뭐라고요?"

사투리가 심한 칠삼의 말은 가끔 못 알아듣겠다.

"달래 말이여. 하는 짓은 방정맞아도 베이스는 잘혀."

"……."

"일단 생각해 볼게요."

그렇게 일단 거절하고 돌아와 4분 정도 되는 길이의 곡을 만들었고.

칠삼에게 들려주기 위해 다시 '페인 킬러'를 방문했을 때 달래라는 녀석의 베이스를 들을 수 있었다.

칠삼의 귀를 믿지 못하는 건 아니었지만 건방진 꼬맹이라 함께하고 싶지 않았다만.

그렇다고 거두지 않기에는 아까웠다.

"달래라고 했지?"

"근데?"

"녹음 같이하자."

어떤 곡인지 물어보거나 거절할 거라 생각했는데 꽤 의외의 반응을 보였다.

"나 비싼데?"

"그래. 얼마면 돼?"

"어?"

"얼마면 되냐고."

달래가 팔짱을 끼고 고개를 숙인 뒤 끄응 댔다. 고민하는 모습이 칠삼이랑 판박이다.

"하, 하루에 십만 원."

"……."

비싸다며.

"너, 너무 비싸면 만 원 깎아줄 수도 있어."

"그게 아니라."

"안 돼! 구만 원 밑으론 안 돼."

눈을 돌려 칠삼을 보니 싱글벙글 웃고 있다. 고개를 끄덕이는 걸 보니 이 상황이 재밌는 모양이다.

"그래. 구만 원. 삼 일 생각하고 있으니까 내일 아저씨랑 녹음실로 와. 돈은 녹음 끝나면 줄게."

"삼촌이랑 아는 사람이니까 싸게 해주는 거야! 다른 사람이었으면 국물도 없어!"

국물도 없다니.

나도 안 쓰는 표현을 쓴다.

칠삼과 달래와 약속한 날.

약속 시간에 맞춰 두 사람이 녹음실에 도착했다.

"뭐야, 꽤 넓잖아?"

달래가 건들거리며 말을 내뱉었다.

오늘은 반쪽만 남은 머리에 왁스를 바른 모양인지 더 정신 없어 보인다.

"이, 이게 다 뭐야. 이거 보세잖아?"

"일단 앉아."

녀석은 녹음실에 들어오자마자 기기를 보고 놀랐는데 신기한지 하나하나 살펴보았다.

어렸을 때 할아버지가 방에 장만해 준 스피커가 뒤집어져 있어 '3508'로 알고 있었던 BOSE의 오디오라든지.

콘솔 데스크(신디사이저, 건반 등을 수납하기에 용이하다)에 놓인 프리소너스 사의 스튜디오라이브라든지 말이다.

음악을 하는 녀석이라 이것저것 많이 알아보는 것 같다.

'고가는 아니지만 편리하지.'

히무라와 사카모토가 왜 내게 컴퓨터와 전자기기에 대해 배우라고 했는지 지금에 와서야 조금 알게 되었는데.

이러한 물건이 결코 만능은 아니지만 고전적인 방법으로는 할 수 없는 작업도 가능하다는 점에선 분명 메리트가 있다.

편리함에 빠져 본인의 역량을 닦는 데 소홀하지 않는다면 작곡을 할 때나 연주를 할 때 꽤 유용하니까.

예를 들어 작곡을 할 때면 여러 악기를 동시에 연주하기 힘든데 그런 게 가능하다든지.

또는 내가 썩 잘 다루지 못하는 악기를 연주할 때 보정 프로그램을 사용하면 평범한 연주자라도 그럴듯하게 들릴 수 있다는 장점도 있지만.

역시 본인의 실력으로 연주하는 것이 바람직하다는 뜻이다.

아무리 잘 조정한다 해도 수준급의 연주는 불가능하니 말이다.

그럼에도 분명 장점은 있어서 여러 악기와 프로그램, 기계를 사용하는 법을 익히느라 시간이 꽤 흘렀지만.

결과적으로는 만족스럽다.

"와, 이건 또 뭐야?"

달래가 오늘 녹음을 위해 준비한 기계를 발견했다.

"야, 이거 쉐포드 채널이야?"

"잘 아네."

"엄청 비쌀 텐데……."

"그다지."

마이크프리(마이크 음량 조절), 이퀄라이저(소리 왜곡 보정), 컴프레서(고음량은 압축, 저음량은 증폭) 기능이 있어 샀는데.

칠삼이 달래가 노래도 곧잘 한다고 해서 혹시나 싶어 미리 주문했다.

어차피 가사를 붙인다면 노래할 사람도 필요할 테니 미리 준비한 거라 그리 큰 기대는 하지 않지만 말이다.

"흐음. 잘 관리하고 있구나."

칠삼이 페인 킬러에서 구입한 소노(Sonor)의 드럼을 살피며 말했다.

적당히 둘러본 거 같으니 시간 낭비하지 말고 진행해도 괜찮겠다 싶어 준비해 둔 악보를 꺼냈다.

"자, 받아. 아저씨도요."

"흐음."

"……좀 쳐봐도 돼?"

"물론."

달래가 악보를 살피더니 베이스를 목에 걸고 연습을 시작했다.

어색하다.

초연이니 어쩔 수 없다고 생각했는데 끝까지 연주한 녀석이 다급히 말했다.

"빨리 해보자. 삼촌, 빨리."

아직 제목도 정하지 않은 곡.

드럼이 정확한 박자 감각으로 종이를 펼치면 베이스가 스케치를 하고 기타가 채색을 한다.

밴드 음악은 작은 오케스트라다.

그중에서도 내가 가장 중요하다고 생각하는 것은 오케스트라의 콘트라베이스 역할을 하는 베이스 기타.

'제법이긴 한데.'

곧잘 연주하는데 연습은 필요할 듯하다.

한 번 연주를 하고난 뒤 문제점을 말해주려는데 달래가 먼저 입을 열었다.

"너 제법이잖아? 원래 록도 했던 거야?"

이게 누구보고 제법이라는 거야?

"누구한테 제법이라고 하는 거야?"

어이가 없어 생각대로 말해주자 달래가 눈을 끔뻑이며 말했다.

"너."

"……."

말을 말자.

몇 번을 반복해 연습했다.

♪

연습을 하다 출출해져 다니던 곳으로 갔는데 칠삼과 달래가 잔뜩 긴장해 있다.

한옥 건물인데 한식뿐만이 아니라 이것저것 주문할 수 있어 괜찮은 장소다.

"안 들어오고 뭐 해요?"

"그…… 이런 곳은 부담스러운데."

"사, 삼촌은 왜 쫄고 그래?"

정작 그렇게 말하는 녀석이 말을 더듬는다.

"미안. 다른 데 가면 소란스러워지니까."

최근에는 조금 관심이 줄었지만 여전히 파파라치들이 따라붙어 여간 곤란한 게 아니다.

사진이나 사인을 요구하는 팬들에게는 미안하지만 이동할 때나 일행이 함께 있을 때는 곤란해지는 것도 사실이고.

또 그들 모두의 요구를 들어줄 수 없는 것도 미안해서 몇 년 전부터는 이렇게 할아버지가 다니는 곳을 위주로 다니고 있다.

특히 도진이가 태어나기 전에는 어머니께도 위험할 수 있어서 더욱이.

"인기 있다고 다 좋은 건 아닌가 보네."

맞는 말이다.

적당히 음식을 주문했고 곧 식사가 준비되었다.

"대박…… . 너무 맛있어."

"난 체할 것 같은디."

우적우적 음식을 있는 대로 집어넣는 달래와 평소답지 않게 얌전한 칠삼이 대조적이다.

"차는 어떻게 하시겠습니까?"

"샤프란으로 주세요."

"난 됐슈."

"아이스크림도 있어요?"

"네. 준비해 드리겠습니다."

샤프란 향을 즐기며 포만감을 즐기고 있는데 달래가 운을 떼었다.

"야, 너 오늘 보니 기타 잘 치더라."

"꽤 했으니까."

2~3년 정도는 기타만 잡고 있었던 것 같다.

"나랑 밴드 하지 않을래? 네가 기타랑 곡 쓰면 내가 노래 부를게. 베이스랑."

"관심 없어."

"뭐? 왜?"

달래가 정말 의외라는 듯 되물었는데 당연히 같이할 거라 생각한 모양이다.

대체 뭘 믿으면 저런 자신감이 생기는지 모를 일이다.

"그냥."

"너랑 나랑 밴드 하면 분명 엄청날 거야. 지상파에도 나갈 수 있을 거라고."

"나가기 싫어."

"……치사하긴."

저걸 확 쥐어박을까.

칠삼을 봐서 한 번 더 참아주기로 하고 화제를 돌렸다.

"밴드가 없으면 지금은 뭐 하고 있는데?"

"나?"

"그래. 너."

질문을 이해하지 못한 모양인지 눈을 굴리던 녀석에게 다시 한번 물었다.

"평소에 뭐 하냐고. 공연을 하거나 뭘 하거나 할 거 아니야."

"아. 학교 다니지. 안 갈 때는 알바 하고."

"……학생이었냐."

"고1."

어려 보인다곤 생각했는데 학생일 줄은 몰랐다.

시계를 확인해 보니 오후 1시.

학생이라면 학교에 있어야 할 시간이다.

"그럼 이 시간에 왜 온 거야? 학교는?"

"니가 일하러 오라며."

뭐 이런 놈이 다 있어?

"아저씨, 미성년자를 학교도 안 보내고 소개해 주면 어떡해요."

"하하하. 괜찮여. 워낙 돌대가리라 어차피 졸업도 못 할 거여. 이런 양아치도 없어."

"하하하! 맞아."

두 사람 다 제정신이 아니다.

"그러는 넌 왜 이 시간에 학교 안 가고 있는데?"

"안 다녀."

"뭐야, 나보다 더 양아치잖아?"

"……."

"되게 한심하게 보는 것 같다?"

"제대로 봤어."

내 말에 달래가 입을 삐죽 내밀었다.

"두고 봐. 반드시 록커로 성공할 거니까. TV에도 나오고 세계 투어까지! 어때, 멋지지. 하고 싶지?"

"그래 하고 싶네."

"그러니까 같이 밴드 하자니까. 나 원래 아무한테나 이런 말

안 해."

"그래. 다른 아무나 찾아봐."

"나중에 후회할걸. 실은 나 APOP이랑 계약했거든. 곧 데뷔도 할 수 있을 거야."

그렇게 말한 녀석이 아이스크림을 크게 떠먹었다.

3일간 녹음을 끝내고 완성한 것을 들려주니, 배영빈이 닭똥 같은 눈물을 흘렸다.

"그만 좀 울어."

"고마워. 고마워."

다 큰 녀석이 울기는.

녀석이 편집한 영상에 녹음한 걸 삽입하는 일을 함께한 뒤 시간을 확인하자 하루가 꼬박 지나 있었다.

나도 배영빈도 만족스러운 결과가 만들어져 흡족했다.

"제목은 알아서 정해."

"그래. 고마워."

"고맙다는 말 좀 그만해. 몇 번째야."

그러곤 녀석이 개설한 뉴튜브 계정을 통해 영상을 올리려고 하는데 배영빈이 소개 제목에 내 이름을 적기 시작했다.

"내 이름 빼."

"왜?"

"내가 참여했다고 하면 이 만화 제대로 된 평가 못 받잖아."

하이든이라면 적게 했겠지만.

나는 다르다.

내 이름을 팔아 배영빈의 만화영화가 인기를 끈다면 그건 그것을 만들기 위해 4년간의 노력을 기만하는 행위다.

배영빈도 제대로 정신머리가 박혔다면 그런 생각은 하지 않을 것이다.

그렇게 해서 얻는 유명세가 의미가 없기 때문이다.

"……고마워."

"그러니까 그만 좀 말하라고."

배영빈과 눈을 마주하고 씩 웃었다.

2021년 3월 8일에 게시된 영상, '지구방위대 가랜드가 좋아서 만들어봤다'와 '제작 과정'은 한 달째 특별한 반응이 없었다.

섬네일과 제목 등 기본적인 홍보 방법에 대해서도 몰랐던 배영빈이었기에 조회 수를 많이 확보하는 것은 무리였다.

그러나 영상을 본 몇 안 되는 사람들이 남긴 댓글 평은 뜨거웠다.

> ㄴ미친. 이걸 혼자 만들었다고?
> ㄴ헐……. 연출 소름 돋는 거 봐.
> ㄴ절 덕후로 만들려고 하셨다면 성공하셨습니다.
> ㄴ아니 이거 브금도 오리지널인데 진짜 퀄 미쳤네;;
> ㄴ와 나 이거 어릴 때 봤었어.
> ㄴ원작초월 ㄷㄷㄷㄷ

이 영상이 대형 커뮤니티 사이트에서 화제가 되는 것은.

영상에 달린 응원 댓글을 보고 절치부심한 배영빈이 1년 만에 오리지널 애니메이션을 제작, 단편 애니메이션 공모전에서 수상한 뒤의 일이었다.

• 부록 •

베토벤 피아노 소나타 12번 A플랫 장조에 대하여

베토벤 피아노 소나타 12번은 그의 모든 곡이 그러하듯 후대 음악가에게 큰 영향을 주었다.

카를 리히노프스키 백작에게 헌정된 이 곡은 프란츠 리스트가 즐겨 연주하기도 했으며 특이하게도 3악장에 '장송 행진곡'이란 제목이 붙어 있는데 본인의 장례식에서도 연주되기도 하였다.

〈다시 태어난 베토벤〉에서는 두 번 언급되었다.

그 첫 번째가 한국 초등학교 피아노부실 A108호에서 배도빈이 홍승일을 기리며 홀로 연주한 장면이고 두 번째는 홍콩에서의 일이다.

슬픔을 억누르는 듯한 전개와 변칙적인 박자 활용으로 슬픔을 자아내는 곡이라, 곡의 풍조와 어울리게 배도빈이 홀로 연주하는 장면은 최대한 담담하게 그려내려 노력했다.

배도빈과 홍승일의 관계는 〈다시 태어난 베토벤〉에서 잘 나타나지 않는 대립된 형태였는데, 이번 기회를 삼아 짧게나마 관련한 이야기를 덧붙이고자 한다.

홍승일은 음악에 대한 인식과 후배 음악가들의 삶을 개선 시키고자 노력한 인물로서 개혁적 의지와는 달리 고집스럽고 강압적인 면모를 지닌 인물이었다.

그가 그러한 모습을 보인 이유는 본문에서 밝혀지듯이 아내와 함께 피아니스트로서의 의지를 잃은 그가 얼마 남지 않은 생을 직감한 탓이었는데.

자신을 다시금 연주자로 거듭나게 해준 배도빈과 조금이라도 더 함께하고 싶고 그가 성장한 모습을 보고 싶었기에 다소 강압적이고 억지로 배도빈을 자극하는 행동을 보이기도 했다.

배도빈은 그런 홍승일을 무시했으나 곧 피아니스트로서의 그의 진면목을 깨닫고 의견을 나누며(싸우며) 독특한 관계를 쌓아나갔다.

그 과정은 배도빈에게도 큰 자극이 되었다. 현대에 적응하면서 자신을 만족시킬 교육 기관이 없다는 것을 느낀 배도빈은 진학 욕심을 더 이상 내지 않고, 저명한 음악가들과 교류하길 바랐는데 홍승일은 그 갈증을 해소할 좋은 토론 상대였다.

이미 완성된 음악가였기에 사카모토 료이치, 빌헬름 푸르트벵글러 등과 같이 이름 높은 음악가조차 배도빈을 가르치려

들지 않은 상황에서, 감히 '베토벤'을 앞에 두고 '베토벤은 이렇게 연주하길 바랐을 거다'라고 당당히 발언하는 홍승일.

배도빈은 짜증을 내면서도 자신과 지향하는 방향이 다른, 그러나 분명 수준 높은 음악가와의 대화를 통해 더욱 견고해지는 자신을 느꼈다.

반대로 홍승일도 배도빈의 음악 세계에 공감하기도 하고 비판하기도 하면서 식견을 넓혀가기도 하였다.

음악을 두고 동등하고 솔직하게 의견을 나눌 수 있다는 점에서 두 사람은 신체적 나이를 넘어 훌륭한 친구이자 동료였으며, 고집 센 두 사람이 싸워가며 쌓아간 우정을 보여드리고 싶었다.

니나 케베리히에 대해

니나 케베리히는 설정상 베토벤의 모친, 외가쪽 후손으로 가난하게 살았으나 밝고 명랑한 캐릭터다.

음악적 재능과 호승심도 탁월하여 배도빈의 도움을 받은 이후로 개화를 거듭해 나가는 인물이기도 한데, 그녀의 이야기는 외전 형식으로 짧게 언급할 예정이다.

그녀에 대해 기억해 주시길 바라는 부분은 세 가지인데 하나는 배도빈마저 반한 피아니스트라는 점과 둘은 찰스 브라움이라는 까다로운 바이올리니스트가 이름조차 없는 그녀를 반주자로 내세웠다는 점에 가우왕도 관심을 보였다는 점, 세 번째는 청강생 시절 일이다.

배도빈에 이어 샛별 엔터테인먼트의 두 번째 아티스트이자 샛별 엔터테인먼트가 세계적 매니지먼트사로 남을 수 있었던 원동력인 니나 케베리히는 작중 본 스토리와 떨어진 상황에서 활약하기에, 그 멋진 캐릭터성을 적극적으로 활용하지 못하는 아쉬움이 남기도 하다.

덧붙여 오랜 시간 '케베히리'로 오기되어 독자 분들께나 니나 케베리히에게도 거듭 사과드린다.

가우왕에 대해

〈다시 태어난 베토벤〉에서 가장 사랑받는 캐릭터를 꼽자면 가우왕을 언급지 않을 수 없다. 고집스럽고 이기적이며 사회성도 부족한 이 피아니스트를 사랑해 주신 데 감사드리며 그에 대해 간략히 소개하고자 한다.

가우왕은 중국인으로 성은 '왕(王)', 이름은 '가우(柯宇)'다. 1986년생으로 2019년 9월 15일 카카오페이지 연재분 445화 기준 만 39세의 중견 피아니스트. 동생 왕소소(07년생)와는 11살 터울이다.

10대 때 이미 중앙음악학원(중국 최고 음악 교육 기관)에 만족하지 못하고 해외에서 활동하기 시작하여 '왕가우'보다는 '가우왕'으로 불리는 데 익숙하며 가우왕 본인도 가족을 제외하고는 피아니스트로서의 이름인 '가우왕'으로 불러주길 바란다.

어렸을 적부터 피아노 연주자로서의 기량에 자부심이 강했던 그는 스무 살이 되기 전, 차이코프스키 콩쿠르에서 우승하며 차세대 피아니스트로 각광받았다.

쇼맨십도 훌륭하여 화려한 무대 복장과 퍼포먼스는 작중 당시 점잖았던 클래식 음악계에서 꽤 주목받기도 했다.

그러나 다소 진중하지 못하다는 평이 항상 따랐는데, '크리스틴 지메르만'이란 스승을 만나며 자신의 단점을 보완하기보다 장점을 극대화하며, 세계 최고의 티켓 파워를 보유한 피아니스트로 거듭난다.

괴물 같은 피지컬과 기교로 정평이 난 그는 피아노의 황태자라 불리며 〈다시 태어난 베토벤〉에서 또 한 명의 거장으로 불리는 '미카엘 블레하츠'의 뒤를 이을 자로 평가받으나 본인은 자신의 기량을 펼칠 곡을 찾지 못해 신경이 날카로워져 있었다.

그럴 때 배도빈을 알게 되고 그에게 집착하게 되며 작중 이야기가 펼쳐진다.

작중 중요한 위치를 차지하고 있기에 가우왕의 성격에는 많이 고심하였는데, 다행히 많은 분께서 그를 사랑해 주셔서 안도하였다.

악기를 다루는 사람들을 살펴보면 어느 정도 공통된 성향을 보이는데, 현악기를 연주하는 사람이 예민하다거나 타악기를 다루는 사람이 흔히 '인싸'라 불린다든가 한다는 이야기다.

어디까지나 '대체로 그런 것 같아'라는 근거 없는 이야기지만 학생 시절부터 홀로 다니게 되는 피아니스트들이 섬세하고 자기중심적이라는 말도 어느 정도는 보편적인 듯하다. 타인과 함께 연주를 준비해야 하는 다른 악기들과 달리 피아노는 그 자체로 온전하여, 학생들은 좁은 연습실에서 악보와 피아노만 두고 연습하는 시간이 많기도 하다.

개인차가 있겠지만 가우왕은 그런 환경을 통해서 보다 이기적이고 자기중심적인 사고관에 고집까지 갖춘 이가 되었는데 더 멋진 연주를 하고 싶다는 마음이 배도빈을 향한 집착으로 형성되었다는 설정이었다.

자신의 기량을 십분 활용할 만한 곡이 없다고 생각한 그에게 배도빈의 격렬하고 직관적인 곡은 너무도 매력적이었던 것.

그 집착으로 〈다시 태어난 베토벤〉 작중 2025년 1월을 기점으로 전 세계가 인정하는 최고의 피아니스트로 거듭났다.

밥만 먹고 레벨업

박민규 게임 판타지 장편소설
WISHBOOKS GAME FANTASY STORY

바사삭, 치킨. 새벽 1시에 먹는 라면!
그런데 먹기만 해도 생명이 위험하다고?

가상현실게임 아테네.
먹고 싶은 음식을 먹을 수 있는 유일한 방법!

[식신의 진가가 발동됩니다.]
[힘 1, 체력 1을 획득합니다.]

「밥만 먹고 레벨업」

"천년설삼으로 삼계탕 국물 내는 놈이 세상에 어디 있냐!"
"여기."